KB120512

보고픈 얼굴 하나

보고픈 얼굴 하나

세상에서 제일 아름다운 이름 …… . 어머니!

學古房

〈약력〉

(사)한국소설가 협회회원   (현)소설가협회 중앙위원
경남 문인협회 회원   上古史회원
재야사학자   육군부사관학교 졸업
김해 문인협회 회원   공상 군경: 국가 유공자

〈저서〉

『애기하사. 꼬마하사 병영일기-전 2권』1999년 · 선경
『저승공화국TV특파원-전2권』2000년 · 민미디어
『쌍어속의 가야사』2000년 · 생각하는 백성→베스트셀러
『짬밥별곡-전3권』2001년 · 생각하는 백성
『늙어가는 고향』2001년 · 생각하는 백성
『북파공작원-전2권』2002년 · 선영사→베스트셀러
『지리산 킬링필드』2003년 · 선영사
『아리랑 시원지를 찾아서』2004년 · 청어→베스트셀러
『임나가야』2005년 · 뿌리→베스트셀러
『만가 : 輓歌』2007년 · 뿌리
『눈물보다 서럽게 젖은 그리운 얼굴하나』2009년 · 청어
『아리랑』2013년 · 학고방

〈소설집〉

『신들의 재판』2005년 · 뿌리   『묻지마 관광』2012년 · 선영사

〈시집〉

『잃어버린 첫사랑』2006년 · 선영사
『지독한 그리움이다』2011 · 선영사→베스트셀러
베스트셀러-Best seller : 6권   스테디셀러-Steady seller : 8권
비기닝셀러-Beginning : 5권   그로잉셀러-Growing : 3권

단편소설: 19편   **대중가요: 28곡 작사 발표→CD제작**
(KBS 아침마당 30분)(MBC초대석 30분)(국군의 방송 문화가 산책 1시간)(교통방송 20분) (기독방송20분) (마산 MBC 사람과 사람 3일간 출연) (KBS 이주향 마을산책 30분)(월간:중앙 특종보도)(주간:뉴스 매거진 특종보도) (도민일보 특종보도)(중앙일보 특종보도) (현대인물 수록) (국방부 특집 3부작 휴전선을 말한다. 1부에 출연)(연합뉴스 인물정보란에 사진과 이력등재)(KBS 1TV 정전 60주년 특집 다큐멘터리 4부작 DMZ 1부와 2부에 출연)

E-mail : kangp48@hanmail.net
표지 사진 위: 작가의 어머니   본문그림: 김태현 화백
아래: 작가의 각시

고향의 흙내 음 풀 냄새가
코끝을 자극 합니다
어머니 젖무덤의 젖 냄새 같은
고향의 냄새
그래서 명절 때면
왔다 가는 고향길입니다

작가의 말

2006년 첫 시집 "잃어버린 첫사랑"책이 출간 3일 만에 출판사 대표로 부터 전자책으로 만들게 허락을 해 달라 하여 허락을 하였는데……. 당 시엔 시집이 전자책으로 출간을 한 것이 처음이라 하였다. 베스트셀러 가 된 "지독한 그리움이다"두 번째 시집은 출판사에 원고를 직접 가지 고 갔는데……. 그 자리에서 계약금인 선-先 인세 200만원을 주면서 출 판사 대표는 "초판 3,000부를 찍겠다"는 출판계약을 하였다. 이 책은 출 간 3개월 만에 국립 중앙도서관에 보존서고에 들어갔으며……. 내가 살 고 있는 김해도서관 보존 서고에도 들어갔다. 이러한 일은 극히 드문 일이라 하였다. 또한 서울신문에 가로 20센티미터에 세로 17센티미터 크기의 칼라와 흑백 광고를 월 6~9회씩 2011년 2월부터 2014년 4월까지 무려 38개월을 하고 있다. 출판사상 시집을 이렇게 긴 기간 동안 하는 것은 처음이라 하였다. 이 책은 우리나라에서 7년간 시집은 베스트셀 러가 없었는데……. 베스트셀러가 되었다고 했다. 그간에 장편 소설 12 편-(17권)과 소설집 2권을 비롯하여 시집 2권을 출간하였다. 출간 된 책 중 베스트셀러 6권이고 스테디셀러가 5권이 되었다. 이번 시집 역시 쉽 게 잘 읽힐 것이다. 그러나 평론가나 전문시작군은 "전반적인 사유나 감수성이 내밀하고 치열한 감각을 동반하고 있다"고 말하기에는 주저 하게 될 것이다. 종종 드러나는 평이한 묘사와 비유에 그치는 진술…….

정제되지 않은 채 노출되는 직설 등도 아쉬운 부분일 것이다! 그러한 것을 모르고 시작-詩作을 하는 작가가 아니다. 초등학교 고학년 수준이면 어느 정도 이해를 할 수 있는 글을 쓰다 보니 어쩔 수 없었다. 첫 번째 시집 출간 후 초등학생들로 부터 은유-隱喩법으로 쓴 글귀내용의 전화문의를 많이 받아서다. 이를테면 "억새풀꽃 하모니가 무슨 뜻이냐"하는 것이다. "억새꽃이 피어있는 곳에 오선지를 마음속으로 상상하면서 음계를 만들어 그려보라. 그러면 억새풀꽃 봉우리가 음계가 될 것이고 바람이 불면 바람소리와 억새풀들이 서로 몸을 부디 끼면서 내는 소리는 시인에게는 음악으로 들리는 것이다."라고 설명을 해주었더니 "잘 알았습니다. 시는 어려운 것이네요"하면서 전화를 끊었다. 또 다른 질문은 "선생님! 시집에 오타가 나왔어요. 흑 백 활동사진 이라고 해야 하는데, 흙 백이라 했으니 흙 자가 오타입니다." 올바른 지적이다. "흙 백 활동사진이란 흑 백 영화가 오래되어 변색되면서 누렇게 퇴색 된 모습을 이야기한 것이다."라고 설명을 해주었다. 이렇듯 운유 법으로 쓰면 요즘 책을 많이 접하지 않은 청소년을 비롯하여 일반인들이 쉽게 이해를 못하고 어려워하는 것이다! 그래서 나는 평론가나 전문 시작-詩作 군-群을 위해 글을 쓰지 않는다. 누가 뭐래도 작가는 독자들과 공감-共感이 우선이다. 선생님의 시가 "잘 읽히는 것은 미덕입니다."라고 했다. 수 십 권의 책을 쓴들 독자가 없는데……. 이 땅의 작가입네 하고 떠버릴 수 있겠는가? 내가 생각한 시란 사람과 사람사이의 공감대의 글이라고 생각한다. 시에서 나타난 문맥은 시인의 고백이 아니다. 혹자는 "고백과 묘사의 발견이다"라고 하기도 하지만! 나는 시란……. 거친 언어를 세상에서 제일 아름다운 언어로 융화시키고 응축시켜 만든다고 생각한다. 누구나 쉽게 접할 수 있고……. 읽고 이해를 하여야하는데! 짧게 쓰려는 것 때문에 은유-隱喩의 글을 써서! 지금의 신세대에게 왜면 당하고 있다는 것이다. 비단 신세대뿐만 아니라 기성세대도 어려워하는 한문자 문맥을 한글해석을 넣지 않아 지금의 한글세대에겐 무슨 뜻인지 몰라 "짧으면 시냐? 시집은 시인들만의 책이다"라며 구독을 하지 않는다는 것이다. 몇 초면 지구의 반대쪽의 소식을 알 수 있는데…….. 느긋하게 옥편이나 한글백과사전을 들고 어려운 문맥을 찾아보지 않는다는 것이다. 그렇지 않아도 소수 문학인데 아예 책이 팔리지 않아서 기획 출판이 어렵다고 하였다. 아름다운 말들을 지나치게 응축 시키려다보니 그렇다! 시는 한마디로 사무사-思無邪라는 공자의 말처럼…….. 맑고 투명한 시인의 생각과 느낌을 표현한 것이 아닌가! 그런데 시는 다른 한편으론 매우 함축적이고(!) 상징적이며 때로는 모호하기도 하다. 무슨 설명문처럼 한번 읽으면 이해가 되어야하는데 요즘의 독자들은 두 번 세 번 반복해 읽어도 도무지 이해가 되지 않는다고 한다. 시인이며 교수인 강희근은 어느 시인의 시집 출간 기념 축사에서 "시 한편의 내용을 이해하려고 52만 명이 사는 김해시를 한 바퀴 돌아도 이해를 못하는 시가 있다"고 했다. 나에게도 매년 수십권의 문학지와 시집이 온다. 읽어보면 대다수가 위에서 지적한대로다. 읽어보고 글을 쓰는 나도 무슨 뜻인지를 몰라 고개가 수없이 갸웃거려 진다. 그래서인가 요즘 직설-산문시로 쓰는 시인들이 더러는 있다고 했다. 그러한 시집은 팔려서 기획 출간이 이루어진다고 했다. 2013년 2월에 출간된 하상욱 시집 『서울 시』가 출간 반년 만에 2만 5천부가 팔렸다고 한다. 오랜만에 베스트셀러라는 것이다. 그의 시집에 대한 기존 시단의 반응은 냉랭했다. "이게 시냐?" "잘 봐줘도 광고 카피"라고 비아냥거렸다. 그렇게 혹평을 하는 자-者들이 왜? 자기들은 베스트셀러 시집을 못 내고 자비 출판을 하는지……. 내가 살고 있는 지역의 문학상에서 자비로 출간한 시집이 상을 받았다. 물론 베스트셀러가 된 "지독한 그리움이다" 책과 겨루어서다. 웃기는 일이 아닌가! 심사위원의 이름을 밝히고 싶은 것을 참는다. 요즘의 시를 보면……. "산문시다" "짧으면 시냐?"라는 어느 선배 소설가의 비아냥거림이 머릿속에 각인되어 시를 쓰기가 솔직히 말해 두렵다. 해서 산문시든 짧은 시든 조금이라도 독자와 공감-共感되는 글을 쓰려고 노력하고 있다. 고정관념을 깨는 일이 만만치 않다. 남을 깨우치려면 기존의 가치관을 가지고는 어려운 일이기 때문이다.

시-詩사랑문화인협의회가 서울 고려대 인촌기념관에서 "현대시와 소통" 세미나를 열었다. "시는 어렵다"는 편견을 깨고 독자와 소통(疏通→ 뜻이 서로 통하여 오해가 없음)범위를 넓히는 방법을 고민하는 자리였다. 세미나 발제문을 보면 2000년대 들어 문단에 등장한 뒤 성장한 '미래파' 시인에 대한 비판이 강하게 담겨 있다. 미래파가 노래한 난해한 시들이 독자와의 소통을 방해했고 결국 시의 위기가 심화됐다는 지적이다. 예술원 회원인 성찬경 시인은 난해한 시에 대해 "여기에는 문학의 문제뿐만 아니라 인간의 심리 문제, 즉 허영의 문제가 끼어들었다"고 지적했다. 즉, 시인은 무슨 뜻인지 아는데 남(독자-讀者)이 모른다면 시인이 우월감을 느낄 수 있다는 심리가 어려운 시에 깔려 있다는 것이다. 그는 "까다로운 어휘를 선택함으로써 뜻을 조금 불투명하게 만드는 작업 자체는 하나도 어려운 일이 아니다"라며 "같은 값이면 어려운 표현보다 간명하고 쉬운 편이 좋다"고 강조했다. 고려대 교수인 최동호 시인의 비판은 더 직접적이다. 미래파인 여정 시인이 올 초 낸 시집 '벌레 11호'에 대해 "인간을 치유하는 것이 아니라 인간을 더 깊은 중독의 세계로 끌고 들어가는 '종양의 언어'라며 "사물화 된 인간의 고통을 부패시키고 악성 종양을 유포하는데 그의 시는 기여한다"고 비판했다. 그는 조연호 시인이 지난해 출간한 '농경시'에 대해선 "들끓는 감정의 산만한 전개는 있지만 그것이 시적 문맥에서 견고한 구조적 조직을 보여주지 않는다. 전체적으로 혼란스러운 감정의 토사물들이 얼크러져 공존하고 있다"고 일갈했다. 이 같은 서정주의 시인들의 비판에 대해 미래파 시인들은 정면반박했다. 여정 시인은 "트로트와 헤비메탈 중 '어떤 게 노래냐'며 논쟁하는 것과 비슷하다"면서 "따뜻한 감정을 가진 시인들은 소통의 시를 쓰면 되고 사회분열적인 예민한 시인들은 다른 시를 쓰면 되는 것 아니냐"라고 말했다, 소통에 대해서는 "소통을 원한다면 산문을 쓰면 된다. 개인적으로 시는 타인과 소통하기 위한 장르가 아니라고 생각한다"고 반박했다. 조연호 시인은 "기존 시가 가진 가치들이 손상되는 것에 두려움을 갖고 있는 분들이 계신 것 같다"며 "제 시가 어렵다는 것에 반감은 없다 결국 취향의 문제"라고 말했다. 그는 "'소통을 부정한다'는 일부 비판엔 공감하기 어렵다, 결국 책을 낸다는 것 자체가 소통 행위다, 다만 좀 다른 종류의 대중을 독자로 상정하고 있는 것"이라고 강조했다. 출판 시장에서는 요즘 베스트셀러 시집을 찾기 어렵다는 황인찬 기자의 취재내용인……. 동아일보 2011년 6월 17일 판 A21면에 실린 "詩는 쉬워야" "독자의 취향의 문제"란 토론기사다. 미래파 시인들의 주장인 책을 내는 게 소통이라는데……. 소통이 안 된다는데 문제다. 어려운 글들이 나열해 있어 책을 사가지 않아 출판이 어렵다. 그러니 기획 출간이 안 되어 300~500만원의 자기 돈으로 출간하여 "내가 유명 문인이다"식으로 이곳저곳에 공짜로 책을 나누어 주는 것을 보면 한심하다! 조금 이름 있는 시인들 다수가 정부(복권기금이나 문화관광부 지원 자금으로 출간)에서 보조해 주는 돈으로 대형 출판사에서 출판해 주고 있다. 시집은 대다수가 자비 출간이다. 나는 그동안 여러 곳에서 출판을 했는데 출판사 측에서는 팔리는 책을 집필 해 달라고 했다. 잘 팔리지 않을 책을 무엇 하려 그 고통을 감내하며 집필 자비출간 하여 사장 시키는지 모르겠다는 것이다. 그러니까 독자가 없는 책은 책이 아니라는 뜻이다. 소설을 제외한 모든 책(시조·시·동시·수필)들은 98%가 자비출판이라고 한다. 이러한 책들은 서점 가판대에 2%도 진열이 안 된다는 것이다. 소설과 동화책은 그런대로 팔린다고 한다. 작품성이 없는 책은 출간되어 서점 가판대에 올려보지도 못하고 파지 장으로 가는 것이 절반이며 1주일을 못 견디고 재고 처리되는 것이 50%라고 한다. 1주일이 되어도 한권도 안 팔린다는 것이다. 자비출판이란……. 출판사에서는 저자가 돈을 주니까 이익이 있어 출판을 해 주는 것이다. 그러한 자비로 출간된 책들이 문학상을 받아 문단이 발칵 뒤집어지기도 했다. 선거철만 쏟아져 나오는 검증 안 된 자서전과 유치원생 그림일기도 돈을 주면 출판해준다. 그런류의 책을 책이라 할 수 있겠는가! 또한 어느 문인은 자신의 책에 "글은 취미로 쓰면 된다"는 글을 상재하여 출간을 했다. 그러한 글을 써서 자비 출간을 하여 "내가 유명문인입니다"하는 뜻으로 이곳저곳에 책을 내 돌린 것을 보고 기가 막혔다. 그러한 짓은 동인들의 모임에 있는 문인들이 하는 짓일 것이다! 이러한 몰상식한 말은 문인들의 자존심을 건드리는 짓이다. 글을 쓰기 위해 몇 년을……. 또는 신춘문예에 몇 백대 일로 당선하여 등단한 문인들의 마음을 헤아리지 않고 내뱉는 사람을 어찌 이 땅의 문인이라 할 수 있는가? 문학인은 자존감을 갖고 글을 써야한다. 독자가 온밤을 꼬박 새워가며 읽도록 우리 작가들은 완성도 높은 작품을 써야할 의무가 있는 것이다. 그것이 곧 작가의 양심이다. 그래야만 세월이 흐른 뒤 이 나라의 문학사 흐름에 당당히 편입될 수 있을 것이다. 문인들의 글은 어느 시대이든 그 시대의 증언록이기 때문이다. 작가란 덫을 놓고 무한정 기다리는 사냥꾼이나 농부가 전답에 씨앗을 뿌려놓고 발아가 잘될지 안 될지 기다리는 신세다. 독자의 판단을 기다림을 말하는 것이다. 출판사에서 기획 출판을 해 주는 것은 그런대로 팔려 이익이 있기 때문이다. 아무리 유명한 평론가나 비평가가 완성도 높은 책이라고 책 평을 하고 추천사·보증서를 써주거나……. 또는 각종 문화예술 단체에서 지원금을 받거나 한국문화예술위원회에서 창작지원금을 받아 출간한 책이라도 기획출판을 안 해 주는 것은 출판사 대표가 평론가나 비평가보다 훨씬 위라는 것이다. 서울 대형출판사에서 출간한 시집은 대다수가 자비출간도 어려운 시인들을 위해 국무총리복권위원회의 복권기금을 지원받아 발간한 책으로 무료로 각 기관단체에 배급하고 있다. 어리바리한 문인들 일부는 완성도 높은 책으로 착각하고 있다. 나는 수십 군데의 문학 세미나에 참석하여 비평가나 평론가의 강의를 들었다. 그렇게 평론과 비평을 잘한 사람이 자기가 글을 잘 써서 돈을 왕창 벌면 될 것인데……. 그들이 집필하여 출간한 책의 글을 보면 그렇고 그렇다! 또한 등단 처와 등단 지를 보면 구역질이 나올 정도의 저급이다. 동인들의 모임일진데……. 분기마다 조잡한 글들을 모아 책을 발간하여 등단시키면서 패거리를 불려 문학단체 간부직을 차지하고 지역 문학상 심사위원이 되어 자기패거리에게 수상시켜 비난을 받기도 한다. 지역에서 발간한 저급문예지는 수없이 많다. 애매모호한 글을 등단시켜 문학인 전체의 얼굴에 통칠하는 짓을 저지르고 있다. 그래서 무려 10~20여 년을 문단 생활을 하면서 자신 장르 책을 단 한권도 집필을 못하면서 문인입네 하고 호기를 부리는 것을 보면 기도 안찬다. 각설하고……. 출판사 대표는 사업가다. 책을 출판하여 잘 팔려야만 이익을 볼 수 있다. 자기가 망할 일을 절대로 안 한다는 것이다. 그러니까 많이 팔린다는 것은 어떤 면으로든 좋은 일이고! 그것이 작가의 역량을 얘기하는 것이며 작품의 완성도가 매우 높다는 뜻이다. 판매 부수와 작품의 평가가 별개일 수는 있다. 상업성과 통속성은 경계해야 되겠지만……. 어느 누가 뭐래도 작가는 대중성은 존중을 해야 될 것이다. 어떻든 잘 안 팔린다는 것이 어떤 명분으로든 장점이 될 수는 없으며 작품성이라든지 예술성 때문에 대중성을 확보할 수 없다는 논리는 세울 수가 없다. 혹시 순수작가와 대중작가라는 구분이 허용된다면 순수작가는 대중작가의 독자사회학을 필히 탐구해야 하며……. 자신의 작품이 팔리지 않는 것이 순수성이나 작품성 때문이라는 어리석은 착각은 떨쳐버려야 한다. 이번 시집은 1차로 원고를 도서출판 "학고방"에 "탈고한 시집원고가 있는데 출간이 가능하냐."고 먼저 전화를 했는데, 팀장님이 "원고를 보내달라"고 하여 2013년 10월 28일에 보낸 뒤 일주일을 기다려도 소식이 없어 2013년 11월 4일 원고를 다른 출판사에 보내고 우체국에서 3분여를 걸었을까! 학고방에서 출간을 하겠다는 전화가 왔다. 조·최·강 씨들의 성격 급하다는 말이 이래서 나온 것이 아닌 가 싶다. 월요일에 보내고 다음 주 월요일 아침에 연락이 온 것이다. 7일을 못 참아 벌어진 일이다. 그간에 출간한 책들이 베스트셀러가 된 "북파공작원"말고는 2~3일이면 기획출간 확정이 이루어 졌기 때문에 그렇게 된 것이다. 내 책『북파공작원』과 시집『지독한 그리움이다』베스트셀러 두 권을 출간 했던 곳이다. 할 수 없어 그곳에 전화를 하여 양해를 구했다. 이러하든 저러하든 출판계의 어려움에도 시집을 기획 출간해준 도서출판학고방에 감사하다. 이 시집은 이미 출간된 두 시집에서 어머니와 고향을 묘사한 6편의 시를 비롯하여 동식물에 관한 모체-母體(고향과 어머니)를 다룬 신작시를 더해 출간에 이른 것이다. 지구상에 살아 있는 생물의 고향은 모태-母胎 라고 생각 한다. 생성-生成~탄생과 소멸-消滅은 자연의 이치이기 때문이다! 그러한 사연이 내재된 글을 모은 것이다. 어느 여자고등학교에 특강에서한 말이다. 강의를 끝내자 한 학생이 "선생님 이 세상에 제일아름다운 것이 무엇 입니까?"하고 물었다. 참으로 난감한 질문에 한참을 생각하다가 "임산부라고 했다."의외라는 반응에 이렇게 설명을 했다.

"한 생명이 잉태 되는 불룩한 배를 봐라. 생-生은 소가 통나무 다리를 걷는 만큼 어렵게 태어난다. 해서 날생-生자는 소우-牛 글자 밑에 외줄인 한일(一)자를 더 하여(牛+一=生) 생자가 된 것이다. 네발 달린 소가 통나무다리를 건너가기가 무척이나 어려울 것이다. 어머니가 된다는 것은 최고의 고통-苦痛을 격고 최고의 희열-喜悅을 맞보는 것이다. 그만큼 사람이 힘들게 태어난다는 말이다. 그 어려운 일을 하는 곳이 모태이다. 얼마나 아름답고 거룩한 일을 하는 몸인가! 임신을 하게 되면 마음도 곱게 써야 되고 음식도 좋은 것만 가려먹어야 되는 등 인간이 가져야 할 온 갓 선한 일만해야하는 임산부 모습이 이 세상에서 제일 아름다운 모습이 아니고 무엇인가? 바로 자기 자신이 태어난 곳 어머니 뱃속이다. 세상이란 바로 나 자신부터 시작되는 것이 아닌가! 내가없으면 세상은 없는 것이다."학생들은 곧바로 수긍 했다.

나를 나아주었던 어머니를 생각 하면 항시 눈가가 젖어온다. 아버지와 일찍 사별을 하시고 10남매를 농사지으시며 힘들게 키웠다. 자식을 키웠던 모든 모정은 같으리라고 생각한다. 어머니와의 가장 기억에 남는 일은 1968년 1월 21일 김신조 일당이 박정희대통령을 해치려 남파된 사건으로 인하여…… 이 일로 화가 난 대통령은 "우리도 똑같은 부대를 만들어 김일성의 목을 가져오라"는 명령에 의하여 내가 북파공작원 테러부대요원으로 차출되어 교육을 끝낸 뒤 그 보상 일환으로 첫 휴가를 받아 집에 들어서자. 마당 귀퉁이에서 빨래를 널고 있던 어머니는 손에 들고 있던 흰 옷을 질퍽거리는 땅바닥에 던지고 신발이 벗겨지는 것도 모르고 맨발로 달려와 품에 꼭 안아주었다. 난 인간으로서 감내하기 어려운 교육을 가까스로 받고 인간 병기가 된 뒤 공작원 중 제일 악질 부대인 테러부대 팀장에 임명이 되어서 8명의 부하를 데리고 2번의 북파 되어 작전을 하면서 직감으로 할 것인가! 본능적으로 작전을 할 것이냐! 두 생각을 놓고 번민하게 되는데……. 나는 짐승처럼 본능적으로 작전을 하여 모두 성공 했다고……. 실화소설 북파공작원 상·하권을 출간 후 서울 MBC초대석에 초대되어 숭실대학 장원재 국문학 박사와 30분간 방송을 하면서 했던 말이다. 그 본능이란 어머니가 아들을 보고 반가워서 물에 젖은 흰옷을 빨래터에서 넘친 물로 인하여 질퍽거리는 흙바닥에 내동댕이치고 신발이 벗겨진 줄도 모르고 달려와 끌어 않은 것과 무엇이 다른가! 나는 그때의 장면이 고향을 생각하거나 어머니가 그리울 때면 제일 먼저 떠오르곤 한다. 1948년 11월생인 내가 1966년 11월 16일에 자원입대하였다. 18세 어린 몸으로 입영하는 동내 형을 따라 논산 훈련소 현장에서 덜컥 자원입대하여 훈련을 끝내고 자대근무 중 차출되어 국군 창설 이래 제일 어린나이로 육군 부사관 학교를 졸업하고 최전방부대 행정반에 근무 중 다시 공작원에 차출되어 교육을 끝내고 13개월 만에 첫 정규휴가를 받고 집에 온 아들이어서 그랬을까 생각이 들기도 하지만……. 지금 돌아가시고 안계시기 때문에 더 더욱 그립다. 당시 나는 키158센티미터에 52킬로의 왜소한 체격으로 자원입대를 하였다. 2013년 KBS 1 텔레비전에서 4일간에 방영된 정전 60주년 다큐멘터리 4부작 DMZ 1~2부(7월 27일과 28일 9시 40분에 방영-1부는 휴전선이야기·2부는 북파공작원 이야기)출연을 위해 김해시청 2층 소회의장에서 2시간의 녹화를 하면서 PD는 "어리고 왜소한 몸으로 그 엄청난 교육을 어떻게 받고 인간 병기가 되어 두 차례 임무를 성공적으로 완수 할 수 있었느냐"는 질문에 "남편을 일찍 사별하시고 10남매를 키우는 어머니를 위해 꼭 살아서 전역 후 어머니를 도와야 한다는 생각 때문에 견디어 낼 수 있었다."라고 했다. 김해시청 2층 소 회의실에서 녹화를 하려 입구에 들어서자. 담당 PD가 헐크자세를 하자……. 녹화세트를 설치 중이던 일행 6명이 일손을 멈추고 웃음을 터뜨리는 것이다. 이유를 묻자 북파공작원 중 제일 악질인 테러부대원의 팀장이라 천하장사 씨름꾼의 체격인줄 알았는데……. 너무나 외소해서 웃었다는 것이다. MBC에서 장원재 교수도 "길거리에서 만나면 그저 평범한 사람으로 보일 것인데! 인간이 얼마나 고통을 견딜 수 있는가? 한계의 훈련을 받았다는데 놀랐다."라고 했으며, 방송이 끝내고 밖으로 나오자. 담당 강동석 PD는 "훈련 내용을 들으니 온 몸에 소름이 돋았다."고 했다. 출간되어 지금까지 베스트셀러가 된 "북파공작원"책에 자세히 서술하였지만……. 80명이 훈련을 받아 38명이 교육 중 탈락하고 최종 42명만 정식 대원으로 활약 할 정도의 특수 훈련이다. 타 부대 특수부대원도 책을 읽은 후 "세상에 그렇게 지독한 훈련도 있었느냐?"할 정도의 문의 전화가 왔다. 방송 PD를 비롯한 각 신문사 기자들은 "어리고 외소한 몸으로 어떻게 그런 부대에 차출이 되었느냐?"는 질문에 교육을 받을 때 부하들이 자주한 농담을 들려주었다. "팀장님의 사격술은 사거리 안에 있는 빈대 성기도 고환을 건드리지 않고 명중시킬 수 있는 특급사수다."라고 농담을 했다. 부연 설명하자면 저격용 M-14에 장착된 조준경 사거리 안에 들어온……. 움직이는 목표물도 하느님이 아버지라도 살릴 수 없다는 뜻이다. 팀원대다수가 명사수들이다. 방송 PD 비롯하여 각 신문기자들에게 "휴전 후 휴전선에서 근무한 사람이 수백만 명이 될 것이고 북파공작원이 몇 천 명일 것인데! 서울서 찾으면 될 것을 많은 경비를 들여서 멀리 김해까지 수고스럽게 찾아오느냐"는 질문에 "선생님이 휴전선에 고엽제를 뿌렸다고 최초 폭로 하여 중앙일보에 특종으로 보도되었고, 북파공작원 중 첫 테러를 목적으로 창설된 부대의 팀장으로 두 번 북파 되어 무사히 임무를 수행하고 전역한 후……. 오픈 된 사람이여서 찾기가 쉽다"라고 했다. 작금의 우리 사회를 보면 검찰총장 내정자의 병역비리 문제로 국회가 시끄럽고 언론에선 연일 대서특필과 특종보도다. 이회창 의원이 대통령후보 출마 때 두 아들의 병역 면제로 인하여 시빗거리가 되어 당선되지 못했다! 내가 생각해보아도 이상한 일이다. 당시에 아버지가 대학을 나와서 이 땅의 모든 사람의 선망을 직업인 사자가 붙은 집안의 자식이라면 엄청 잘사는 집안일 텐데! 두 아들이 비실비실하여 신체검사에 불합격을 맞았다는데……. 어느 누가 수긍을 할 것인가? 우리 어머니도 그랬고, 우리 각시도 그랬고, 우리며느리도 그러하고 있지만……. 자식의 건강을 위해서라면 어떠한 희생도 감수 했고 그렇게 하고 있다. 잘 먹이고 병원의 수혜도 더 많이 받았을 부자 집안들의 자식이 신성한 국방의무에서 불합격 장애인이라니! 이명박 대통령이 병역 비리로 시끄러워지자. "기관지 확장 증"으로 면제 됐다고 하였다. 그 소리를 듣고 적당히 큰 욕을 해 주었다. 나는 어린나이에 외소한 몸으로 기관지 확장 증 병이 입대 당시에 있었지만 논산훈련 1개월 부사관학교 교육 4개월 북파공작원 교육 5개월 도합 10개월의 그 엄청난 훈련을 받았고 특수임무를 무사히 수행하고 35개월 16일의 병역을 마치고 지금도 그 병을 안고 숨 잘 쉬고 살고 있다. 병원에선 생활하는데 지장이 없고 수술도 어렵다고 하였다. 금전적으로 풍족한 집안과 힘깨나 쓰는 집안의 병역 면제가 일반인보다 20% 더 만다는 게 문제다.

제대 후 어머니를 도우겠다는 약속과 달리 객지 생활을 전전하였다. 어머니가 돌아가신 후 고향을 찾는 발길이 점점 더뎌졌다. 어머니가 그리울 때 찾아간 고향은 늙어 저승사자 소환장을 기다리는 사람들만 살고 있었다. 나는 간혹 그리움의 기억들에 의해 그 곳을 한달음에 달려가곤 했는데……. 고향을 찾으면 그곳엔 시간과 공간을 훌쩍 뛰어넘는 기억들이 살아나곤 했다. 고향과 어머니는 불변 할 수 없는 자신의 모태가 아닌가! 때 되면 찾아오는 허기처럼 누군가 그리우면 나는 고향을 찾는다. 고향을 찾아 갈 때마다. 그곳에서 또 다른 지울 수 없는 기억을 한 아름 새기고 돌아온다. 누군들 가슴 저린 그리움이나 슬픈 기억들이 있을 것이며 그런 시절도 뒤돌아보면 모두가 아름다운 추억일 것이다.

어머니! 그립습니다.

누군들 가슴속에 추억하나 없으려만……
그때를 생각하면서 오늘도 추억을 만들고 있을 것이다
그것이 먼~훗날 아름다운 추억이 될 것이다
삶에 찌들고 잊혀 진 것들이 많아지면
고향을 한번 찾아가 보면 될 것이다
고향은 배반하고 떠났던…….
당신의 게으른 발길을 탓하지 않을 것이다
언제나 고향의 어머니는
당신의 발길을 반겨줄 준비를 하고 있을 것이다

목차

늙어가는 고향

　타관 객지에서 부초-浮草처럼 살다 향수-鄕愁에 젖어 찾아 온 늙어버린 고향 땅 산 끝자락에 옹기종기 앉아 있는 형형색색 늙은 집 마당에서 사립문을 박차고 늙으신 어머니가 버선발로 뛰쳐나와 두 손을 덥석 잡고 반겨 줄 것 같다. 정겹고 소담스런 머—언 이야기 같이! 청명-靑明한 가을 햇살을 머리에 이고 앉아 구슬땀을 흘리며 호미 들고 밭이랑 잡초를 뽑는 어머님 모습처럼 세상에서 가장 아름다운 풍경으로 나에게다가 온다. 집을 떠나고 싶은 충동을 잡아 주었던 어머님 품 같은 고향 땅 그 아름답고 잊지 못할 추억이 서려 있는 나의 모태-母胎 그곳에는 유년기 흔적들인 추억이 가득한 흑 백(오래 되어 누렇게 변한 사진) 사진첩이 남아 있고 동구 밖 당산 늙은 팽나무아래 작은 공터에는 흑 백 활동사진이 돌고 있었다. 고향의 산수山樹 빚어내는 그 편안함과 운치-韻致는 나 어릴 적 머릿속에 각인 된 대로 남아 있고 작은 가슴 깊은 곳에 숨겨 놓았던 아련한 추억들이 도란거리며 나를 반겨주었다. 그 모든 것들이 있는 고향 땅은 그리움으로 나를 보듬어 안는다. 세월이 흐른 뒤 나는 그리움으로 고향을 찾으면 고향은 또다시 추억을 한 아름 안고서 나를 그리움으로 맞이할 것이다. 그래서 나는 고향을 찾아가는 이유가 된다. 그러나 한번 떠나면 세월은 같은 얼굴로 찾아오지 않을 것이다. 가을도 이제 떠나야 할 고갯마루에는 늦은 가을 따사로운 햇살이 산골 다랑이 전답-田畓에 골고루 뿌려 마지막 알곡식을 살찌우고 있었다. 류수-流水는 없고 군데군데 남아있는 계곡 천-泉속에 고운 옷 갈아입은 게으른 산 그림자 하나가 발을 담그고 있었다. 그 동양화 화폭 위에 물방개 부부가 왈츠 춤을 추고 산 그림자를 징검다리 삼아 건너온 떠도는 바람 한 점이 억새 풀꽃과 하모니 되어 가을을 노래하며 갈 길 바쁜 나그네 바지 자락을 잡고 정담-情談을 나누자고 한다. 하지만…….고향엔 다랑이 논두렁을 사타구니 속 불알이 요령소리 나도록 오르내리며 진종일 친구들과 놀던 곳엔 이젠 나 대신할 아이들도 없었다. 사랑방 아궁이에 청솔-靑松나무 가지 잔뜩 밀어 넣고 풍구 돌려 군불 때면 굴뚝에서 머리를 풀어헤친 처녀귀신처럼 하늘을 오르던 하얀 연기도 없어졌다. 삼 십리 길을 한가득 짐 보따리를 싣고 머리에 풍경-워낭 달고 씩씩대며 덜거덕거리는 달구지 끌고 오일 장터로 오가던 얼룩소도 없었다. 집 뒤뜰 남새를 키우는 텃밭 둑 늙은 감나무가지엔 홍시가 주렁주렁 매달려 있지만 장대로 따주던 할아버지 할머니도 저승가고 없었다. 유년 시절 추억이 고스란히 잠들어 있는 고향땅 그곳엔 희미한 기억의 빛바랜 흑백 사진첩 배경도 없었다. 마을 앞에서 오고가는 길손을 맞이하고 앉아있는 이정표는 당산나무와 거리를 두고 살아온 그들은 세월과 너무나 닮아 있었다. 그래도 고향땅엔 나 죽으면 잔디한 평 덮고 누어 잠들 땅은 있었고 늙어 죽을 때가 된 이름 모를 새 한 마리가 구슬프게 울고 있었다.

　　그러한 고향엔…….아련한 추억만큼 그리운 것은 없으리라!

　　어머니! 그리고 고향땅인 그곳은 나의 모태가 아닌가? 생각만 해도 괜히 눈가가 젖어든다. 객지서 생활하는 모든 이의 공통된 생각이리라. 고향에 가면 기다렸단 듯 그곳 들꽃은 익숙한 향내로 코끝을 씻어 줄 것인데! 젊은이들이 다 떠나 늙으신 부모님만 남아있는 늙어버린 고향 땅엔 고향을 떠난 자식들은 돌아오지 않고 그 자리엔 이국-異國의 여인들이 고향을 지키고 있다.

이젠 세월이 흐르면 흐를수록 고향은 점점 더 늙어만 갈 것이다.

그런 고향을 생각하면

눈물보다 서럽게 젖은 그리운 얼굴 하나…….

아 ~ 어머님! 그립습니다.

누군들 가슴속에 추억하나 없으려만! 그때를 생각하면서 오늘도 추억을 만들고 있을 것이다. 그것이 훗날 추억이 될 것이다. 삶에 찌들고 잊혀 진 것들이 많아지면 고향을 한번 찾아가 보면 될 것이다.

고향은 배반하고 떠났던 당신의 게으른 발길을 탓하지 않을 것이다. 언제나 고향은 당신의 발길을 반겨줄 준비를 하고 있을 것이다.

고향

세상에 그리는 일
아무것도 없건만
수평선 끝자락에서
자맥질하는 저녁놀 바라보니
아스라이 가물거리는 작은 섬 위로
살풀이 흰 천처럼
흔들어 대며 휘감는 저녁연기
어찌 내가 모르겠는가

- 객지로 흩어져 떠나 살고 있는
자식들을 기다리는
내 고향 어머니 손짓인 것을!

참으로 서러운 재회

고단한 도시의 삶이 눈 깜짝할 사이에
나의 청춘의 빛은 사라져 버렸건만

어린 아이처럼 어머님의 손길이
그리워 찾아온 나에게

돌담으로 쌓은 좁은 골목 끝집엔
발길 더딘 자식을 기다리는
어머니 흔적은 나를 반가이 마주해 준다
나의 마음은 터질 듯 부풀어 오르고
가슴은 뜨겁게 타고 있다

그러나 나는 지금 이 마을에서
단 한사람의 이방인이 되어
그리움 때문에
슬픔의 잔을 남김없이 비우고 있는데
실루엣 어머니 모습은 쪽머리를 가로 저의며
노을빛으로 퇴색해 가고 있다

해는 어느새 자취를 감추고
어스름한 산 넘어서
땅거미가 찾아오는데
하늬바람에 뜰 안의 정원수들이 몸을 떨고
흔들거리는 줄기들이 낫을 가는 소리한다

어머니의 생각에 가슴이 메어와
나는 조용히 고개를 숙이고
마당을 곱게 빗질하는 낙엽을 밟으며
찬바람 속을 지나 집으로 돌아가는 길

오늘도 어김없이 어디선가 어머니는
그리움을 구걸하는
아들의 모습을 보고 있을 것 같다!

오늘도 목젖은 쉬어가지 못하는데
차라리 목 놓아 울어버릴 수만 있다면
그리움은 가슴아래 잠들 수 있을까?
세상등진 어머니는 이젠 아들의 눈물이 됐다

이별은 기다림의 연속이다

동구마루 놀이터에서
실어증 걸린 것 같은 표정으로 서성거리다
객지로 훌훌 떠나는
자식의 뒷모습 멀리까지 더 보려고
까치발로 서서보며

-조심해서 잘 가거라
"금방 또 오겠습니다"

이별의 마당은
동아줄에 칭칭 엮어진 허무처럼
그리움으로 돌아서서
슬퍼서 우는 어머니의 가슴이다

오늘도 어머니가 문틈 밖을 응시하는
섣달 그믐밤 불이 꺼진 고향집 장지문에
시나브로 스멀스멀 떠오른 자식들 얼굴은
울컥울컥 솟구친 그리움의 막장일까?

헛기침이 목울대에 걸려도
고요는 마침표 찍힌 기다림이다

오늘도 발길 더딘 자식들이
그리워서 애타는 어머니의 마음은
두고두고 풀어야할 어머니의 숙제일 것이다

살아나는 기억들

흙 때 묻은 머릿수건 동쳐 매고
다랑이 밭이랑 어디엔가
우주행성처럼 큰 대나무 소쿠리에
갖가지 푸성귀 챙겨서 머리에 이고
호미를 들고 사부작사부작
어머니가 걸어오실 것 같은데

저 지난해 세상만사 훌훌 털고
한 평 남짓 뗏장 이불 덮고
평안하게 누워계신 어머니 묘를
넋을 놓고 바라보니
건드리면 터져버리는
봉선화 씨방처럼 그리움이 터져버렸다

살아생전 어머니의 기억보다
그리움이 먼저 목울대를 건드리니
눈물이 왈칵……

어스름이 기웃거리는
산자락 끝에 버려진 아기 사슴처럼
울 엄니를 애타게 부르자

어머니 자식 사랑인지
어머니와 이별인지
어머니의 눈물인지
어머니에 대한 그리움인지
슬프고도 혼란스러운 기억들이 방출되어
너무나 많은 슬픔이 밀려들어 애달프다

오늘도 어김없이 젖은 입술 깨물며
삶의 터전에 곳곳에 흘려있던
그리움을 다독거려주고 가건만
뒤섞여있던 어머니의 옛 그리움들이
가슴속에서 웅성거리며 피어나고 있다

풍경

변하지 않은 시골 5일 장터엔
예나 지금이나 시장상인의 인심은 그대로입니다
입심 좋은 상인에게
천륜의 끈 줄인 손자가 미끼를 물자
할머니 지갑이 이내 열립니다

기억속의 빛바랜 흑백 풍경은
흘러간 세월속의 내 마음을 열고 있습니다
할머니 손을 꼭 잡은 손자의 얼굴을 보니
나 어릴 적
어머니의 세월과 나의 세월이 멈춰있습니다

어머니께 때를 써서 따라나선 시장가는 길
뻥튀기 붕어빵 십리길 알사탕가게 앞에
어머니 치마 자락을 잡은
나의 손에 힘이 들어가고
외씨 같은 흰 고무신을 신은 발에는
어김없이 급제동브레이크가 걸렸습니다

"……."

아~
그리운 어머님!
기억은 봄바람을 타고 흩날리고
추억이 서려있는 정겨운 풍경에
가슴이 먹먹하고 명치끝이 아릿해옵니다

* 잘 녹지 않아 입에 넣고 빨고 가면 십리를 갈수 있다 해서 지어진 이름
 - 일명: 나일론 사탕

천사-天使

서울행 아시아나 기내서
승무원 아가씨들…….

어머니에게
"어머니! 음료수 무엇으로 드릴까요"
-나는 목 안 말라 필요 없소
"나는 콜라 주세요"
그러자 어머니는 자리에서 벌떡 일어나
시집 올 때 친정어머니가 만들어준
목단 꽃 자수가 곱게 새겨진
어머니의 비밀금고 허리춤주머니를
서부영화사상
최고의 총격전이 연출되는 오픈레인지에서
캐빈 코스트너가 허리춤에서 적을 향해 빼는
권총 보다 더 빨리 꺼낸 뒤
주머니 끈을 풀고서
호흡곤란으로 얼굴이 시퍼렇게 변한
세종대왕님을 꺼내

승무원에게 내밀었다.
- 아가씨! 우리 아들 음료수 값을 받으시오
번개 같은 행동에 놀란 승무원
"어머니! 전부 공짜 입니다"
생후 비행기를 처음 타는 우리 어머니
무료로 주는 음료수 인줄 모르고
아들보다 먼저 값을 계산하려는
아 ~ 어머니 천사 같은 우리 어머니

어머니 자화상

김해시 가락로
8남매 키워서 모두 객지에 보내고
혼자 사는 김 씨 할머니
오늘도 폐차 직전 유모차를 끌고
불편한 발걸음으로 일터로 간다
차를 멈추고 생활 정보지 가판대에서
벼룩시장·교차로·한부씩 차에 싣는다
취직하려고 모집공고 찾으려는가

앞에서 끌었다가 뒤에서 밀다가
1928년산 엔진이* 무리가가나!
가다 쉬고 또 가다 쉬고를 되풀이한다

길거리 상점 음식점 가가호호 대문밖에
널브러진 종이상자나 고물들을 수거하며
진종일 돌고 돌아 한가득 싫고
하루에 두 번씩 고물상 집하장으로 간다

- 오늘은 합계가 2500원 입니다
  이젠 힘 드는데 집에서 쉬거나
  경로당에 가서 친구들과 노세요

그런 소리 하지 마
돈도 벌고 운동도하고 얼마나 몸에 좋다고
……!!
자식출산 때 생에 최고의 고통-苦痛을 겪었고
그 아기를 첫 대면 때 최고의 희열-喜悅하며
힘들게 키웠던 그 많은 자식들은
어머니의 힘든 삶을 알고나 있을까

*1928년생 85세 할머니 심장

그리움

세상사 흐르거나 말거나
자연의 뜻에 따라 살아가는
어머니를
해질녘에 나도 모르게 부르며
구깃구깃 목구멍으로 넘기던 그리움이
보따리를 풀어버렸다

긴~기억 탓일까!

내 가슴은 내가 주인인데
어머니를 생각하는
애절함도 슬픔도 그리움도
모두가 내 몫이 아니겠는가
이러한 흔적들이
내 삶에서 수놓고 있는 것이다
그리움이 질서 없이 가득한 가슴을
삯바느질을 하여서라도
열리지 않게 할 수 있다면 얼마나 좋을까?
언제부터인가 나도 모르지만
고향집 사립문을 나설 때면
고개를 숙이고 걷는 버릇이 생겼다

호곡-號哭

병원 영안실······.

고문을 당하듯 몸부림을 치며
호곡을 하는 여인에게

-누구를 잃었습니까?

나의 물음에
심드렁한 표정으로 바라보며
여인은 가슴을 북을 치듯 두드립니다

왜! 저럴까······. 언 쳤나!

식물인간이 되어버린 자식의
여섯 가지 신체 부위를 기증하고
눈은 기증을 못했다는 것이다
꿈에라도 앞이 안보여
어미를 찾아오지 못할까봐!

자식을 먼저 보낸
어머니의 절규가 가시처럼 목에 걸린다
바라만 보아도 시린 것이 자식이기에
자식의 영원한 언더우먼이었던 어머니가 울고 있다

아 ~ 어머니

바지런한 바람이
나뭇가지에 신경통을 안겨주 듯
나의 물음이
자식을 잃은 어머니에게
가슴을 언치 게 하였던 모양이다!
자식은 언제나 어머니의 가슴이다

그리운 얼굴 하나

기다릴 것도 그리울 것도 없다고
속내로 다짐 하였건만
언젠가 잊어져야 할
눈물보다 서럽게 젖은
그리운 얼굴 하나
아~ 어머니!

창문에 입김으로 그렸다 지워버린 이름
보고파 마주 앉은 거울 속에
넉넉한 웃음으로 나를 바라보고 있다

오늘도 그리움의 가슴 아리를
꾸역꾸역 밀어 넣고 가슴에 빗장을 걸었다
날 밝으면 나도 모르게 빗장을 풀면

언제나 위험스런 목젖은 쉬어가지 못하고

"……"

음식을 만들고 계신 어머닌
혼자 먹으려고 저렇게……。
마음이 두근 거리지는 않았을 것이다!

그리움을 베어 무는 설움을 달래려고
차라리 목 놓아 펑펑 울어버리면
그리움은 말짱하게 시치미를 뗄 수 있을까

살아온 세월을 뒤돌아보면 저 멀리 아득한데
남은 생을 생각하면
더욱 생생해지는 것은
사무치게 그리운 어머니와의 추억이다

고향 길

깊고 깊은 마음속엔
어머니가 들어 앉아 있기에
차창에 부딪쳐 흐르는
빗물은 닦을 수 있건만
내 마음속에서 흐르는
눈물은 닦을 수가 없습니다
그래서 내 곁에 오래 머무를
야속한 눈물은
좀처럼 마르지 않을 것입니다

바쁘다는 세월은
머뭇거리지 않은 채 달아나건만
어머니의 빈자리가
아직은 익숙지 않아 서럽습니다
나에겐 아직은
시간이 더 필요할 것 같습니다

※ 자식은 평생 어머니의 짐이었는데 어머니는 자식에게 짐이 되지 않으려고 일평생
  자식을 위해 노력을 하시며 살다가 먼저 저세상으로 떠났습니다 하면 된다는 소신
  을 가지고 살아온 나에겐 못하는 것이 하나있습니다 저승으로 가는 어머닐 잠시 잠
  깐만이라도 붙잡지 못한 것입니다

인생

초여름 빛이 아슴아슴 찾아드는
계곡 도랑가
잔디가 뿌리를 내리지 않은
산 끝자락 다랑이 밭 귀퉁이
작은 묘 앞에
소복을 입고 잔술을 따르는
연노하신 여인!

- 누구의 묘입니까?
  영감 묘입니다
- 살아생전 술을 좋아 하셨던 모양이지요?
  술로 세월을 벗 삼아 살았지요!
- 고생을 많이 하셨겠네요?

여인은 눈 밑에 슬픔을 그리고 있다
슬퍼보이던! 하늘이 갑자기 눈물을 흘린다
묘 앞에 놓인 꽃잎에도 눈물이 맺었다
내 눈가도 젖어 들었다

영혼은 가셨지만 육신은 두고 가셨으니
얼마나 좋은가!
자신의 흔적을 지극 정성으로 돌보는
이승에 두고 간 부인이 있으니

어둡고 긴 터널을 지난 뒤에야
그렁그렁한 여인의 눈물울음은
사무치게 그리운 남편일 것이다

떠돌이 바람이 여인의 머릿결에 발을 내린다
훼방꾼인 바람 끝이 오늘은 살갑다

아스라이 가물거리는 작은 섬 위로
살풀이 흰 천처럼 흔들어 대며 휘감는 저녁연기
어찌 내가 모르겠는가.
객지로 흩어져 떠나 살고 있는……
자식들을 기다리는 내 고향 어머니 손짓인 것을!

세월

늙어버린……. 고향집엔
그리움은 아우성인데
울 엄니 기척은 없고
저물녘 산 그림자가 스산한 바람과
주인 없는 마당에서 놀고 있었습니다

기억 속에 스멀거리는
희미한 그리움 떼거리에
덜미가 잡힐까봐
발걸음 소리마저 가만가만하고
차 시동을 걸었습니다

※ 가슴아래 차곡차곡 쌓인
　그리움의 저장고를
　샅샅이 뒤져서
　리모델링-remodeling 해볼까나

목격

물안개가 녹아내리는 이른 아침
해반천※ 둑길을 따라 산책을 하던 중
물가에서 있는 백로 가족을! 목격하였다

……물고기 사냥을 교육시키려는 것 같아
발걸음을 멈추고 구경을 하였다

어미가 목을 길게 빼고 물속을 노려보고 있다
나도 순간 포착을 위해
카메라를 렌즈를 고정 시켰다
침묵의 시간이 흐르고 두 마리 새끼들이
어미에게 시선을 고정시킨 순간?

허공을 가르는 화살촉같이!
어미의 부리가…….
작가의 예리한 통찰력과 순간의 아름다움을
렌즈에 담아내는 찰나의 예술을 만들려고
나도 셔터를…….

49

어쩌나? 어미의 사냥은 헛방 이었다
내가 입가에 미소를 짓는 순간

- 애들아! 저 영감탱이가 지켜보고 있으니
  신경이 쓰여 실수를 했다

그러하듯!
떨떠름한 표정으로 쳐다본 뒤
다시 물고기 사냥에 열중이다
인간의 삶도 실수의 연속이다
이른 아침 백로 가족들의 삶의 현장이
나에게 좋은 교훈을 주었다

※ 김해시 문화의 거리를 따라 흐르는 하천

어머니 마음

가을이 만들어준 풍요한 계단식 밭에서
어머니 얼굴엔 삶의 흔적이 파도를 친다
첫 수확 고구마 튼실한 것과
파치-頗嫌는 별도로 포장을 한다

 - 튼실한 것은 어머니가 먹을 것이고
   파치는 짐승 줄려고 따로 모으세요?

"튼실한 것은 자식들에게 보내고
못난 것은 내가 먹으려고 분리를 하요
……들짐승이 겨울이면
먹을 것이 없어 굶주릴 것이니
파치는 일부는 주점부리하게 남겨두어야지"

근검절약이 몸에 배인 어머니에겐
세상엔 필요 없는 것은 존재하지 않았다

부자 집 곡간에서 생쥐가 울고 나올 일 없듯

부지런한 어머니 곳간에서도 그럴 것이고
동내 참새 방앗간이라고 소문난 어머니의 집엔
마을 사람들의 잦은 발걸음이 분주할 것이다!

가을빛이 내려앉은 다랑이 밭에서
구슬땀을 흘리시며 일하던 어머니가
잠시 허리를 펴 흙이 잔뜩 묻은 손으로
이마에 채양-蔡陽을 치고 하늘을 바라본다

아~ 어머니의 넉넉한 마음은
가을하늘보다 높아 보였다

길…….

실바람에 가벼이 팔랑이는 물결처럼
하늘에서 내려와 길을 잃었나!
중 도포자락 같은 구름 한 조각이
가파른 산을 넘어가지 못하고
산 중턱에서 쉬고 있는
고향 선산을 찾아가는 이유는?

세상을 살다보면 힘든 외로움에
무거운 잔디를 이불삼아 잠들어 있는
어머니를 깨워 이야기를 나누자는 뜻에서다.

이승을 등진 영혼이 깨어날리 없지만
묘 앞에 앉아 있으면
머릿속 활동사진이 기억을 충전해준다
그래서 내가 찾아가는 이유가 된다
오늘도 어머니가
절대로 돌아오지 않는다는 것을 알기에
더욱 그리워하는지도 모른다!
오늘도 떠돌이 바람에게 들키고 말았다
어머니의 정이 그리운 아들의 눈물을
고맙게도……. 어머니가 볼까봐 그러하나!
떨어지는 눈물방울을 바람이 이내 훔쳐 달아난다

저승

늙어버린 고향집
키 낮은 돌담위로 힘겹게 뻗어가며
한껏 모양을 만들어가는 조롱박은
어떤 수식어로도 거창스러운
아름다운 풍경이건만…….

수화기 넘어 칠순 어머니 목소리가
귓가에 쟁쟁 함이 엇 그제 같은데
저승으로 여행을 가신 뒤
어머니는 돌아올 기미가 없다

저승이 얼마나 좋아서 한번가면
어느 누구도 이승으로 오질 안았다
아버지, 형님, 장인, 장모, 처남과
수많은 일가친척을 비롯한 지인들도

- 나도 한번 저승에 가 볼까

"아직 이승의 인연이 너무 많아 남아있으니……."
조금 더 있다가오란다!

개똥밭에 굴러도 이승이 더 좋기에
부처를 믿으면
죽은 뒤 사물이 아닌 다른 사람의 몸을 빌려
이승으로 윤회 된다고 했는데
스님들의 말은 모두 거짓말인가보다!

어머니 저승으로 가신지가 수년이 되었는데
아직까지 어머니를
이승으로 윤회시켜주지 않고 있기에

길……．

뉘엿뉘엿 서산으로 지는
힘이 빠진 해처럼
유령처럼 가면도 쓰지 않고
차례도 없이
눈치코치 하나 없는
애물단지 그리움의 패거리가
까불까불 촉살거리며 따라오니
오늘도 어김없이 그리움과 추억은
언제나 나에겐 고문이 되었다

또렷해진 저녁별 혓바닥이
뒤통수를 핥아대니
아스팔트에 붙은 껌 딱지처럼
끄트머리가 보이지 않는 그리움이
나란히 줄을 선다

툇마루에 앉아서
집 떠나는 아들을 보는

늙으신 어머니의 가슴엔
스멀스멀 떠오른 추억이
내 가슴을 훔쳐보고 있을 것이다

오늘도 귀향길엔
자기마음대로 잘생긴 간호사에게……
무례하게 주사 맞은 궁둥이 통증처럼
그리움 때문에
눈물이 수양버들 가지처럼 휘날린다

어머니의 마음

집에 찾아온 아들을 보고
늙은 초가 집 안방 장지문을 벌컥 열고
버선발로 뛰쳐나와
두 손을 꼭 잡아주던
어머니의 아들 사랑은
지금도 그때와 변함없다

어머니께
용돈 몇 푼 쥐어주고 돌아오는 길

어머니가 칭얼대는 자식을 혼자 두고
삶의 터전에 일 하려가던 때의
어머니의 마음과 같을까

어머니는
어릴 적 등교하는 나를 바라보던
그때 그 모습으로
동구 밖에까지 배웅 나와서

삶의 터전으로 돌아가는
나를 바라보고 계신다

어머니에겐 10남매가
모두 아픈 열 손가락이다
어머니가 나의 뒷모습을 바라보며 기도하는
그러한 마음으로 세상을 살아가려고 한다

추억

내 가슴아래 똬리를 틀고
순간순간마다 파닥거리는 것을
조심스레 풀어놓아
뿌리를 내리기 시작한 그리움이
스스로 지은 사랑으로 업-業이되어
차곡차곡 쌓여가는데
얼마나 더 울어야 그리움을 털어낼까

악기는 속을 비우고
끊임없이 울어야 하듯

언제나 예측불허인
봇물 터진 그리움만……
산을 넘고 강을 건너 고향으로 달려간다

오늘도 어김없이
아슴아슴하게 다가온
유년시절의 추억들은

풀릴 길 없는 애달픔이 되어
가슴아래 빈 공간을 채우고 있다

언제나 어머니의 배웅을 받으며 나선 길

장맛비 맞음 병아리처럼 후줄근한 모습으로
두 어깨를 축 늘어뜨린 채
……. 게임 종료 몇 초전
골대를 맞고 튀어나온 공을 차듯
길가 조약돌을 걷어차며 걸어가는
나의 모습을 본 어머닌
오늘도 쉬 잠들지 못 할 것이다

행여나 눈치 챌까 봐
자식 모르게 모아둔
어머니의 삶과 죽음의
짧은 여정 사이에
남은 마지막 유산이었습니다
그 돈 일부는 자신의 핏줄인
손자손녀 들에게
쪼개 주었을 것입니다

쓸쓸한 고향 길

어머니
현세에 없는 어머니
당신의 이름을 불러 봅니다
영혼의 이름을
객지에 떠돌다 어쩌다
명절 때면 고향을 찾아갑니다
그러나 올해는 발걸음이
너무나도 무겁습니다
이맘때면 어머니는
객지로 훌훌히 흩어져 날아간
민들레 씨앗처럼
어머니 품을 떠나갔던 자식들이
자신들의 모태를
찾아오리라는 믿음으로
세월의 햇볕에 타버린
구릿빛 얼굴로
당신의 씨앗들을
동구 밖 정자나무 밑에서

하염없이 기다렸지요
만남과 헤어짐이 있는 마당에도
세월의 흐름은
막을 수가 없었습니다
늦은 밤에 귀향하는
자식들 위하여
어둠을 밝히는
어머니가 들고 있던
호롱불이 손전등으로
어느덧 가로등 불빛으로
바뀌었습니다
검은 머리카락도
반백으로 바뀌어
백발이 되었고
꼿꼿하던 허리도
자식 키우느라
할미꽃처럼 굽어졌지요
늦은 밤에
차가 없어 걸어오는
자식들 기척을 듣고
헛기침을 하시면
천륜의 소리인지를 알고
나는 어려서
자주 불렀던 노래를
큰소리로 불렀습니다

어머니는 어두운
먼발치에서도 알아보고
손을 번쩍 들어
신호를 보내오면
나는 두 손을 들고
반짝 반짝 작은 별
어릴 때 학교에서 배운
율동을 하듯 손을 흔듭니다
할머니를 부르며 달려오는
손자 녀석 손을
살며시 잡고 앉으며
아가야 !
오느라고 수고 많았다 하시며
손자 앞에 등을 댑니다
뚱보 손자가 조금도
무겁지 않은 모양인가 봅니다
항시 반기시는 얼굴은
만월 이었습니다
추석의 한가위 달처럼
밝아 보였습니다.
구릿빛 얼굴이 되어버린
어머니 얼굴엔
검버섯 저승꽃이 피었고
수많은 이마의 주름살엔
세월의 두께가

각 인 되어 있었습니다
거칠어진 어머니 손을 잡고
가슴속이 저리는
아픔을 느끼곤 했습니다
가슴 한구석에서 밀려오는
인생의 엑기스가
정열로 화한 눈물을
잠시 감추려고
애써 눈을 깜박거리기도 했습니다
그럴 때면 작은 가슴
구석구석에서 저며 오는
어머니 삶이 생각나서
흘러내린 눈물 한 방울이
코끝을 지나 입술에 머물러
짭짤한 눈물의 의미를
느끼게 하였지요
땀과 때에 저린 머릿수건을
머리에 질끈 동여맨
어머니 거칠어진
두 손을 잡은 저의 손에는
따뜻한 모정이 전해 왔습니다
천륜의 연줄인 손자를 등에 업고
앞서 걸으시며
마냥 반가워하고
마냥 즐거워 하셨습니다

모처럼 온 자식에게 무엇을 해줄까
밤새 생각하느라
잠 못 이루고 뒤척이었지요
저 아이는 어렸을 때
무얼 좋아했지
작은애는
말썽 장이 막내에게는
무엇을 해줄까
생각을 끝냈는지
잠자리가 조용합니다
어둠을 가르는
시계 초침 소리와
어머니의 고른 숨소리는
나 어릴 적 자장가 이었습니다
장작개비 같은 어머니 손을 잡고
나도 모르게 잠든 모양입니다
애들아!
일어나 거라
어머니 목소리에
저는 잠에서 깨어났습니다
아침 해는 머-언 옆 산마루 끝에서
얼굴을 내밀고
아침인사를 합니다
찬란한 빛이었습니다
어머니 얼굴 이였지요

집에 온 자식 위해
아침 일찍 뒤 텃밭에서
쪽파 몇 단
시금치 몇 단
고들빼기 몇 단을
함지박 소쿠리에 가득 채워
정수리가 내려앉을 만큼의 무게를
머리에 이고 길을 나서
이른 아침 시골기차역 광장에
잠시 잠깐 서는 번개장터에서
이고 간 야채들을 팝니다
야채 판돈을 손에 꼭 쥐고
몸 빼 바지 펄럭이며
어물전을 찾아가
싱싱한 횟감과
낙지 몇 마리를 사 들고
바쁜 걸음으로 집으로 향합니다
행여 생선이 상할까
발걸음을 재촉합니다
아마 어머니 발바닥에는
바람개비를 달고 왔을 것입니다

어머니가 손수 차린
아침 밥상머리에
올망졸망 빙 둘러앉아 있는

자손들을 바라보며
흡족한 미소를 짓 습니다
당신도 좋아하는 음식을
같이 먹자는 자식들의 성화에
나는 늙어 이가 안 좋아 못 먹으니
식기 전에
싱싱할 때 빨리 먹어라
재촉하여 놓고
꼭꼭 씹어 먹어라 얼린다
어린 손자들이 체 할까봐
걱정인가 봅니다
그 모든 말들은 사랑입니다
당신도 좋아하는 음식을
같이 먹자는 자식들의 성화에
뱃속이 안 좋다고 거절합니다
어머니의 마음…….
이 자식들은 모두 알고 있습니다
어머니 손으로 만든 음식은
이 세상 어느 음식보다
맛이 있습니다
바쁘게 움직이는
자식들의 손놀림을 보고
절구통 곁에서
머릿수건 손에 들고
흡족한 마음으로

이마에 세월의 흔적인
수많은 주름살을 새기면서
웃고 있었지요
이 한 세상 살면서 남겨 논
자신의 흔적인
아들 딸 손자 손녀들을
그냥 바라만 보아도
배부르며 먹은 것 같은
느낌이 드는 모양입니다

그러하신 어머니 당신은
오늘 이 자리에 없습니다
자식들 먹일 것 걱정
입힐 것 걱정
어머니는 태산을 짊어지고
한 세상 살았습니다
아 그 아름다운 모정을
잊을 수 없습니다
자식과 남편을 위하여
희생의 긴 세월을 살아오신
당신의 생애는
인고의 세월 그것이었습니다
그 지혜로운 마음은
진주 빛보다 찬란하고
햇빛 받은 아침 이슬보다 맑았습니다

하늘보다 높고 바다보다 넓고
깊은 마음 어이 알리까

고향을 떠나 올 때
동구 밖 공터에서 자식
며느리가 쥐어주는 용돈
받기가 쑥스러워
애야 나는 괜찮다
새끼들 키우는데 돈 많이 든다
몇 번이나 돈은 왔다 갔다 합니다
고맙다 하면서 받으신 적이
한 번도 없었지요
물도 사먹는다면서 하시며
애써 안 받으려는 돈을
억지로 맡기고 돌아서면
마지못해 받고는 눈에 넣어도
하나도 안 아플 것 같은
손자 놈의 옷을 만져줍니다
바지도 추켜올려 주고서 끌어안습니다
그때 허리춤에 동여맨 주머니 꺼내
그 속에서 알밤 같은
꼬깃꼬깃한 돈을 접어서
손자주머니 속에 넣어주었습니다
고래심줄 보다 더 질긴
할머니와 손자 간에

천륜의 끈을 연결해 놓습니다
아들놈은 돈 들어간
호주머니를 손바닥으로 막고
할머니 얼굴에다 뽀뽀하며
안녕 이라며 손을 흔듭니다.
그럴 때면 아이구 내 새끼야 하며
볼을 만져주고서
먼저 갖다 놓은 보따리를 챙깁니다
아침 일찍 큰며느리 몰래
구멍 난 곳간에 쥐가 드나들듯
곳간을 왔다 갔다 하였겠지요
참깨 한 움큼 마른고추
된장 고추장 참기름 조금
올망졸망한 뭉치를
차 트렁크에 실어주면서
애야!
며느리를 부릅니다
큰형수와 큰형의 눈치를 보며
귓속말로 속삭입니다
올해는 농사를 못 지었다
괜스레 미안해하시면서
내년에 잘 지으마 꼭 오너라
아껴 먹어라하시며
며느리 어깨를 어루만져 줍니다
그럴 때면 형님과 형수에게

미안하였습니다
차창 밖으로 머리를 내밀면서
괜스레 큰소리로
시내 가면 있는데
집에 두고 드시지
왜 저희를 주십니까
그것을 모르시는 것이 아니지요
자식사랑의 표현입니다

초봄부터 오뉴월 염천의
뙤약볕 아래
자식들이 오면
조금이라도 많이 주려고
호미 들고 밭이랑 잡초를 매고
지열에 헐떡이며
구릿빛 얼굴에 미소를 지으시며
농사를 일을 하셨을 것입니다
일 그만하시고
저희가 드린 용돈으로 관광도 다니고
좋아하는 막걸리도 사 드세요
내년에 꼭 올게요
소불알 돼지 불알 사과만큼 배만큼 크고
수박만한 된장뭉치에
꼭 필요 없는 늙은 호박까지
차 트렁크에 실어주는

어머니의 정을
듬뿍 싣고 오곤 하였습니다
해 바뀌어 명절마다
동구 밖 공터에서의
추억이 서려 있던 곳을
올해 돌아 나오는 길은
너무 쓸쓸 하였습니다
좁은 골목길을 나올 때
여느 때나 똑같이
귀뚜라미 여치도 따라 웁니다
이름 모를 풀벌레
울음소리 들려오는
실개천을 돌아
굽이굽이 재 넘고 산 넘어
성황당을 지나서 뒤돌아보니
뒤 차창에는 만월이 뒤 따라옵니다
푸르게 보이는 밤하늘에
떠 있는 달은 어머니 얼굴로 보였습니다
하늘에선 별똥별이
서쪽으로 사라집니다
어머니 눈물로 보였습니다
애들아!
조심해 가라
다정한 그 목소리가
귓가에 들리는 듯합니다

어머니 당신의 투박한 손과
주름진 얼굴이 그립 습니다
어쩐지 코끝이 찡하여
원터치 차창스위치를 눌러 봅니다
쌩—하는 아스팔트 마찰음과 함께
고향의 흙내 음 풀 냄새가
코끝을 자극 합니다
어머니 젖무덤의 젖 냄새 같은
고향의 냄새
그래서 명절 때면
왔다 가는 고향길입니다

사랑 정 추억
낭만이 서려 있던 곳
동구 밖 정자나무 밑의
아름다운 이야기들을
작은 가슴 곳곳에 심고서
오른발에 힘을 더하니
차는 나의 육신의 모태를 뒤로하고
어둠 속으로 빨려갑니다
어머니!
당신의 미소와 당신의 얼굴을
가슴속 깊은 곳에 싣고 갑니다
　　　↓
　회상-回想

지나간 저 지난해
논에서 논갈이하는
큰아들 새참을 싸들고 가시다
늙으신 어머니는 고혈압으로
자신이 일평생 엎드려 일하여
자식들을 먹여 살렸던
삶의 한 터전 논 귀퉁이에서
자식들에게 유언 한마디 못하고
그 무거운 등짐을 벗고
저 세상 하늘나라로 가셨습니다
소식 듣고 달려온 저는
어머니 죽음 앞에 통곡 하였습니다
남들은 호 상이라고 달래었지만
자식으로 태어나
어머니의 병 수발 한 번
못하게 해 놓고
한도 많고 원도 많은
이 세상을 뒤로하고
영원한 이별의 길을 가신
어머니의 유품을 정리하면서
우리 자식들은
어머니의 큰사랑에
또 한 번 대성통곡하였습니다
큰누나의 울부짖음은
더더욱 폐까지 도려내는

아픔의 절규였습니다
좋아하는 술도 참고
자식들이 사준 고운 옷도 아껴두고
무엇하시려고 돈을 모아 두었느냐고
누나는 시신이 담긴 관을 끌어안고
울어 댔습니다
속옷주머니에 구겨진
천 원짜리 몇 장
허리춤에 동여맨 양단으로 만든
때에 절어 버린 주머니 속에는
알토란같고 밤톨 같은
꼬깃꼬깃한 이십 오만 원의
돈 뭉치가
행여 밖으로 나올까봐
주머니 입구를
바늘로 꿰매어 두었고
시집올 때 가져온
반다지 밑바닥에는
적금통장 두 개
매월 꼬박꼬박
10만원씩 불입하고
두 달을 남겨 놓은
이백오십만 원짜리와
삼백만 원 만기통장 에는
초등학생 공책 반쪽에

짧은 유언이 기록된
메모지가 끼워져 있습니다
연필에 침을 발라서
꾹꾹 눌러쓴
투박한 글씨체로
큰애야 나 죽거든
초상 비로 사용해라
하나는 결혼식을 못 올리고 사는
넷째 딸 식 올리는 데 사용해라
농촌에서 힘들게 사는 큰아들한테
조금이라도 보탬이 되려고
자식들이 명절 때
찾아뵙고 준 용돈을
행여나 눈치 챌까 봐
자식 모르게 모아둔
어머니의 삶과 죽음의
짧은 여정 사이에
남은 마지막 유산 이었습니다
그 돈 일부는 자신의 핏줄인
손자손녀 들에게
쪼개 주었을 것입니다
오직 자식만을 위한
큰사랑 바다 같은 넓은 품을
자식 낳고 나이 들어
어머니 떠난 뒤

이제 서야 알았습니다
명절 때면 찾아오는
객지의 자식들이
용돈이라도 주면
친구들에게
인천 막둥이 부산 며느리
김해 작은 아들
자식 며느리 아들 딸 모두가
부자요 효자여서
용돈 많이 주었다고
자식 자랑 노래를 불렀습니다
자식 자랑은 어머니의 유행가였답니다
어쩌다 일 년에 한두 번 오는
자식들인데도
평생을 모신 큰형과 큰형수는
그때마다 섭섭하였답니다
이제야 형님 형수는
어머니의 자식 사랑은
편견과 편애의 차별이
아니었다고 울어댑니다
큰형은 소리 없이
도살장에 끌려가는 황소처럼
눈을 깜빡일 때마다
 청포도 같고 산머루 알 같은
눈물방울 흘리면서

지금 세상에 초상 치는데

빚지는 일 없고

부조금만 해도

남아도는 데라고 하시며

이 세상 그 누가 어머니

큰사랑 바다 같이 넓은 마음

헤아릴 수 있겠느냐고

웅얼거립니다

떠나고 없는 어머니

은혜 갚을 길 없어

이아들은 눈물 흘립니다

생전에 못 다한 효

이 글로써…….

하늘나라 어머님의 안식처에 보내드립니다

- 추석날 귀향길에

※ KBS2002년 설날 귀 향길 이주향 책 마을 산책 30분간 특집방송. 미국샌프란시스코
　교민방송 : 낭송. 국군방송 : 김이연의 문화가 산책1시간방송.
　마산 :　MBC 사람과. 사람들. 3일간특집방송.
　소설 : 늙어가는 고향 수록. 부산비젼스 30분 낭송테이프 제작

어머니께
용돈 몇 푼 쥐어주고 돌아오는 길
어머니가 칭얼대는 자식을 혼자 두고
삶의 터전에 일 하러가던 어머니의 마음과 같을까

어머니는
어릴 적 등교하는 나를 바라보던
그때 그 모습으로 동구 밖에까지 배웅 나와서
삶의 터전으로 돌아가는 나를 바라보고 계신다
어머니가 나의 뒷모습을 바라보며 기도하는
그러한 마음으로 세상을 살아가려고 한다

꿈

손을 내민 나에게 어머니가 놓고 간 것은
어려선 사랑이었는데
지금은 아리고 저린 가슴에 남겨진
울먹이다가 지쳐버린 간절한 그리움이다
달이 되어 길 밝히는 어머니 얼굴엔
아무리 두드려도 열리지 않는
알 수 없는 흐뭇한 미소가 번진다

오늘의 운수를 점치는 걸까
송아지가 외나무다리 건너듯
그리 쉽지는 않을 것인데
그러나 마냥 즐거워 보이는 얼굴이다

추억 속 어머니의 삶이
강철 같은 가슴속의 문을 야금야금 부수고 있는데
휘청거리며 갈 길을 잃은 영혼 하나가 머뭇댄다.

"꿈이다"

마당 한가득 널브러져 있는 달빛 밟으며
삶의 터전으로 돌아가는 자식의 뒷모습에
가만히 못 있는 어머니의 목젖을 건드려
왁자하게 일어선 그리움에
별빛이 왈칵하고 울음을 쏟을 것 같다!

눈보라치는 섣달보름날
소리 없는 가장 슬픈 눈물을 흘리며 집으로 왔다

패륜-悖倫

병원 장례식장 냉동시체보관실에
5개월째 누워있는 어머니를
3남매가 찾아가지 않고
부위 금-賻儀金만 챙겨 도망을 쳤단다는 뉴스다
참으로 험악한 세상이다

경찰서에 나타난 자식이
시체인도 포기각서를 썼기에
시청에서 화장을 하여 납골당에 보관한단다

효의 근본을 모르는
자식들 벌을 주려 내가나서야 겠다

하느님!
부처님!
제가 찾아가거든
저승입구 경비원으로 채용해주세요

……왜?

이 불효막심한 삼남매가 죽어서 저승으로 오면
하느님이 계시는 천당 못 가게 길을 막을 것이요
부처님이 이승으로 윤회시키면 지옥불로 보내려고 합니다

그자리만 보장된다면
대한민국 졸부들…….
좋은 자리 청탁하려
줄줄이 돈 보따리 들고 오면
우리 집 대문 경첩에 불이날것이다

"5개월을 냉동고에서 추위에 떨고
이젠 1,500도의 뜨거운 불가마에서
화장을 당하는 불쌍한
어느 어머니의 사연에
자식을 어떻게 키워야되는가에 대한
많은 교훈이 될 것이다!"

위의 글을 쓰면서 KBS 방송의 미담-美談을 기록한다.

※ 도회지에서 살다가 시부모님이 아파서 시골로 내려와 농사일을 하면서 무려 20년을
병수발을 하면서 살았던 며느리의 이야기다. 시아버지를 먼저 저 세상으로 보내고 몇
년을 시어머니를 간호하였는데……
죽음에 다다른 어느 날 시어머니가 며느리에게 "아가야! 너에게 소원이 하나 있다"하
여 "어머니 무엇이든 들어줄테니 말씀하세요"하자. 시어머니는 며느리에게 "너를 엄마
라고 부르고 싶다"하여 "그렇게 부르세요" 했다는 것이다.
어느 정도 머리회전이 있는 독자라면 부연 설명을 하지 않아도 될 것이다!

이별

마디마디 굳은살이 돋은
어머니의 손을 살짝 펴
용돈 하라며 몇 푼 손에 쥐어주고

갈 길이 멀다고 새벽녘에서
횡허케 떠나는 아들의 뒤 모습을
암만해도 보이지 않아 까치발로서서

-갈 길 멀다고 싸게 싸게 가지 말고
 쉬엄쉬엄 가라

눈물을 훔치며
손사래 치는 어머니의 모습에
오늘 만은 들키지 않으려던 눈물을
만월 때문에 들키고 말았다

여명으로 하나 둘
시나브로 사위어가는 창공의 별들처럼

자식에 대한 근심 걱정이 사라지길 빈다

강중강중 뛰면서 고샅길부터
휘 바람을 불면서 간지럼 태우던
뒤 따라온 바람도 이별을 하잔다

집에 도착하면
시바스리갈 연거푸 꿀컥꿀컥하고
빨리 취해야 할 것 같다

고향

타관 객지에서 부초-浮草처럼 살다
향수-鄕愁에 젖어 찾아 온
늙어버린 고향 땅
산 끝자락에 옹기종기 앉아 있는
형형색색 늙은 집 마당에서
사립문을 박차고 늙으신 어머니가
버선발로 뛰쳐나와
두 손을 덥석 잡고 반겨 줄 것 같다
정겹고 소담스런 머~언 이야기 같이
청명-靑明한 가을 햇살을
머리에 이고 앉아 구슬땀을 흘리며
호미 들고 밭이랑 잡초를 뽑는
어머님 모습처럼
세상에서 가장 아름다운 풍경으로
나에게다가 온다
집을 떠나고 싶은 충동을 잡아 주었던
어머님 품 같은 고향 땅
그 아름답고 잊지 못할

추억이 서려 있는 나의 모태-母胎
그곳에는 유년기 흔적들인 추억이 가득한
흑 백 사진첩이 남아 있고
동구 밖 당산 늙은 팽나무아래
작은 공터에는
흑 백 활동사진이 돌고 있었다
고향의 산수-山樹가 빚어내는
그 편안함과 운치-韻致는
나 어릴 적 머릿속에
각인 된 대로 남아 있고
작은 가슴 깊은 곳에 숨겨 놓았던
아련한 추억들이
도란거리며 나를 반겨주었다
그 모든 것들이 있는 고향 땅은
그리움으로 나를 보듬어 안는다
세월이 흐른 뒤…….
나는 그리움으로 찾으면 고향은
또다시 추억을 한 아름 안고서
나를 그리움으로 맞이할 것이다
그래서 나는 고향을 찾아간다
그러나 한번 떠나면
세월은 같은 얼굴로 찾아오지 않을 것이다

거짓말

배 아파 자식 낳고
속 썩이는 자식들을 키우면서
줄건 다 주고

- 필요한 것 없습니까?

어머니께 물으면
없다고 뻔 한 거짓말을 합니다

그러하신
어머니의 마음을 알아버린 나는
울먹이다가 울먹이다가
울어버린 울음은…….
내가 시키면 고분고분 잘 따르는
하인이 되어야하는데
언제나 반항아입니다

어머니 자신의 가는 길은 가시밭길이여도

자식의 가는 길은 꽃길이기 바라는 것입니다

"……."
　　↓

그리움이 넘나들던 고갯마루에서면
추억어린 풍경 속으로 들어선다
고향보다 고향 밖에서 살아온 세월이 더 길다
조금은 부족했던 고향이지만…….
자연만은 언제나 넉넉했던 고향이다

여정을 갈무리할 시간이다
태양도 쉬 쉬지 못하고
긴 그림자를 드리우고 머뭇거리는데!
하늘을 머금은 저수지물은 숨고르기를 하고 있다
과거와 현재의 시간이 희미해져가는 고향땅
돌아서면 그리워지는 고향 풍경을 가슴에 담고 간다
세상에서
제일 아름다운 이름인 어머니를 부르면서

유통기한

유통기한 없는 그리움 때문에
찾은 고향 집 구석구석엔
저승길 따라나서지 못한
어머니 꿈의 알들이 덕지덕지 붙어있고
삶의 흔적은······.
아직은 지천으로 널려있다

터질듯, 터질듯 위험천만한
그리움을 꾹꾹 눌러두고
가슴의 빗장을 걸었건만

그러나
누가 막으랴
각혈을 토하듯 봇물이 터진
울음을 아무도 막지 못했다

창공에 달이 되어버린 어머니를
애타게 그리워하는 아들에게
서정적인 눈길을 줄만한데

언제나 갈 길은 비춰주던 달이
오늘은 구름 커튼 뒤로 숨어있다

인생

가을이 내려앉은 고즈넉한 골목길
그만그만한 늙은 집들이 어깨를 기대고 있는
통영 노대도 섬에 자식 키워 모두 육지에 보내고
늙은 두 부부만 살고 있다

육지에서 온 이방인 위해
할머니는 조촐한 밥상을 차려왔다
평소 두 부부가 먹어왔던 소박한 밥상에
방금 할아버지가 에메랄드빛 바다에서 건져 올린
삶은 싱싱한 문어 한 마리를 더한! 이방인에 환대다

밥을 먹던 이방인은 수저를 밥상위에
가만히 내려놓고 의아해 한다
밥상 앞에서 손님에게 결례되는 두 다리를 펴고
할머니가 다리를 주물린 것을 보고

 - 다리가 많이 아프십니까
   이방인의 물음에

- 말도마소. 육남매 나서 등에 업고 일하며 키우느라
  힘들어 흘린 눈물이 한가마니는 될 테고
  내어 쉰 한숨소리에 쉰 질의 깊이의 땅이 파였을 것이요

거침없이 달려온 칠십 평생의 삶속에
할머니가 짊어졌던 바닷물의 무게는 얼마나 될까?

엄마가 섬 그늘에 굴 캐려 가면
배곯아 울던 아가가 손가락을 입에 물고 잠들었던
그 섬의 옛날의 핏줄은 다 어디가고
오늘도 핏줄이 그리운
할머니 아픈 다리는 핏줄을 그리워한다

인생

천상병 대-大선배 시인이 1993년 4월 28일 귀천-歸天 했다

나 하늘로 돌아가리라
새벽빛 와 닿으면 스러지는 이슬 더불어 손에 손잡고.
나 하늘로 돌아가리라 노을빛 함께 단둘이서 기슭에서 놀다가
구름 손짓 하며는, 나 하늘로 돌아가리라.
아름다운 이 세상 소풍 끝내는 날, 가서, 아름다웠다고 말하리
라……

저녁노을과 노닥이다가 어둠이 지자
밝아진 하늘로 갔을까
술이 있어 즐거웠고 시를 쓸 수 있어 행복했다던
그래서 세상의 소풍이
아름다웠다고 말하겠다던 선배 시인은
향수병을 술병으로 착각하고 마셔버려
코와 입……. 쉬를 하고 응아를 하면
향수냄새가 진동 했다던데
귀천을 하면서 음주는 안하고 갔을까

세상살이가 소풍이었다고
어린아이처럼 천진스럽게 비유하시더니
이 서럽고 한이 많은 세상을 훨훨 털고 떠나면서!

아버지 어머니 고향 산소에 있고
외톨배기 나는 서울에 있고.
형과 누이들은 부산에 있는데.
여비가 없으니 가지 못한다.
저승가는 데도 여비가 든다면
나는 영영가지 못하나?
생각느니, 아, 인생은 얼마나 깊은 것인가.

자신의 처지를 시를 지어 장탄했던 선배는 여비나 챙겨 갔을까
진즉이나 알았다면 이자 비싸기로 유명한
뚱뚱보 쌍과부 술집 새끼주모 전대 돈이라도 빌려 주었을 텐데
술이 없어 아니 즐겁고 여비가 없어 귀천을 못하고
구천에서 떠돈다면!
글을 사랑해서 가난했던 시인이여! 잠시 발길을 돌리시어

-후배! 나 귀천할 때 여비하고 남으면 막걸리 사서먹게 2000원만
그 천진스럽다는 얼굴로 꿈에라도 나타나서 부탁하면 좋으련만!!!

≪일평생 가난했던…….
  시인은 돈이 없어 어머니를 자주 뵙지를 못하였다
  저승에 가서 어머니를 만나 뵈었을까≫

귀향 길

고향을 뒤로하고 돌아오는 길
움푹 페인 주름살처럼
가슴에 새겨진 상처는
언젠가 부터
새살이 돋아 가려져가고 있다

그러나 가끔은 아리고 쓰린 고통이
스멀거리며 가슴에 파고 들 때

엄니!

목청껏 악다구니를 써보았건만
하늘은 도통 관심 밖의 일처럼
오늘도 어김없이 무반응이다

…….

진절머리 친 메아리가

다시 돌아와 억장을 무너뜨리니
그리움의 흔적이 가득한 가슴에
대못 박히는 소리 들린다

어머니가 저승 가던 날…….
이별의 장에서 흘린 눈물만큼이나
오늘도 눈물은 흘려야 할 것 같다!

저승길을 편하게 떠났을 것이라는
소망을 품고 일어선 아들이
어머니를 가슴에 품고 목 놓아 부릅니다

↓

서녘에 힘 풀린 태양이 능선을 따라 길동무 긴 그림자를 만들어
준다

숨죽어 멈춘 것 같아보여도 오랜 세월동안 자연과 함께 숨 쉬며
살아온 고향땅엔 꽃단장을 하고 있는 가을은 떠남을 머뭇거리고! 아
름다운 설경을 만들려는 성급한 겨울이 기웃거리는 계절……. 하얀 설
렘이 색 바랜 흙길을 멀겋게 채색하고 떨어지는 낙엽은 어김없이 계
절의 약속을 지키고 있다. 자연의 세계에서도 시간과 속도에 순응하
며 사는 것이 어떤 것인지 조금은 알 수 있을 것 같아 길을 나선 것이
다. 보이지 않는 끈을 풀 수 없는 아름다운 이유가 존재하는 한…….
긴긴 기다림은 내 마음의 시들지 않는 믿음의 씨앗이 있기 때문이다.
지울 수 없는 그 무엇이 존재한다면, 내가 태어나 자란 곳이고 삶을
마감하고 영원히 잠들 고향이기 때문이다.

고향집 옆 텃밭 언덕바지엔 내가 태어난 해에 심었다는 단감나무 두 구루가 일란성 쌍둥이처럼! 비스듬히 마주보고 서있었다. 그 나무는 커서 어김없이 열매를 맺어 우리형제들의 주점부리 역할을 했다. 늙어버린 감나무도 이승 떠난 울 엄니 손길을 그리워할까?

인생

울릉도 끝자락엔
91세 김화순 인어※ 할머니가 혼자살고 있다
오늘도 구부정한 허리에 물 허벅을 등에 지고
아들 같은 이웃 65세 양승길 선장의
늙은 배를 타고 섬 그늘에 물질하려 간다

이젠 힘이 없어 선장에게
잠수복 입을 때나 벗을 때는 도움을 받는다
나날이 물질하는 일이 힘들다

- 이젠 물질을 그만 하셔도 되는데
 무엇 때문에 힘든 일을 계속 합니까
"평생해온 일을 그만두면
 사는 끈을 놔버린 것 같아 서운해서"

바다 속에는 하늘과 땅이 있고
할머니 삶이 있기에 일손을 놓지 못한다
하지만 날이 갈수록 호흡도 힘이 없다

소라 성게 어떤 때는 수확이 짭짤한 문어가 잡히면
할머니 얼굴의 수많은 주름살이 파도를 친다

언제나 바쁘다는 세월 앞에…….
할머니도 선장도 배도 같이 늙어가고 있다

늙어 죽을 때가 다된
갈매기 울음소리가 서글픈 울릉도 바닷가
엉거주춤한 자세로 삶의 터전을 멀거니 바라보는
할머니 그림자와
살아생전의 내 어머니 그림자가 겹쳐 있다

※ 해녀

회갑연에

어머니!
벌써 이런 자리에 마련되었다는데
감히 자식 된 저희들이 세월은 흐르는 물 같다고
말하기에는 너무나 송구스럽습니다
어떤 책에서 읽은 기억이 납니다
인생의 60은 제2의 인생의 시작이라고 쓰여 있었습니다
삶의 터전 속에서 한 번쯤 뒤돌아보는 순간이고
그 동안 살아온 잘못된 삶을 정리해 보는
아름다운 나이라고 합니다
문득 앞으로 저의 모습을 상상해 보았습니다
과연 어머니처럼 훌륭하고 아름답고
풍요로운 삶을 살아 탐스러운 열매가 달려 있을까
이렇게 되기 위해서는 저희 자식들도
어머니가 살아오신 과정을 보고 듣고
그 교훈을 바탕으로 열심히 살아야 하겠지요
저희가 늘 지켜보고 생각하는 어머니의 모습은
어릴 때는 다정하셨고
유치원 초등학교 다닐 때는

올바른 길의 인도자이셨습니다
저희들은 사랑의 회초리로 종아리를 맞고 자랐지요
요즈음 세대에는 별로 볼 수 없는 일일지도 모르지만
과묵하신 것 같으면서도
깊은 정이 많은 어머니
철이 없을 땐 이러하신 어머니의 모습이 어려웠고
저희를 사랑하지 않는다고 생각한 적도 있었는데
결혼해 자식을 낳아 키워보니
어떻게 하는 것이
자식을 진실로 위하는 것인 가도 생각해 보게 되었고
저희도 모르게 어머니께서 저희에게 하셨던
모든 말씀과 행동을 똑같이 답습하고 있었습니다

그리고 이다음 인생의 노을이 짙어져 갈 때
가장 뜻있게 아름답게
인생을 살았다고 생각되는 사람은 과연 누구일까
아마도 그것은
자식을 얼마만큼 올바르고
인간다운 인간으로 키워냈냐는 것일 겁니다
물론 명예와 부도 좋지만
그래도 웃어른을 아는 겸손하고
또한 예쁜 마음으로 사랑을 실천할 줄 아는
따뜻한 마음을 가진 자녀를 둔 어머니일 겁니다
저희 자식들은 어머니를 항시 사랑하면서
자랑스럽게 여기고 있습니다

60 평생 삶의 터전에서
자식들을 위해
무거운 등짐을 지신 어머니
부모님께 효도와 형제들에게는
후덕한 마음으로 감싸고
주위 분들을 위해
열심히 일하시면서 살아오신 세월
돌이켜보면 외로우셨던 때도 많으셨고
너무도 힘들어
무거웠던 짐을 벗어버리고 싶을 때도 있었을 텐데
고단한 삶의 질곡 속에서
단 한 번도 저희들에게
약한 모습 보이지 않으시고
인생의 선배이자 올바른 선생님이셨기 때문에
저희가 잘 자랄 수 있었습니다
그러하신 어머니를 생각하면
가슴이 저리고 아파 눈물을 흘릴 때도 많았습니다
여태까지 가족과 주위 분들을 위해
야멸치지 않고…….
넉넉하고 두루뭉술하게 살아오신 보답으로
오늘 하루만이라도
남을 위해서가 아닌 당신 자신들을 위해
모든 것 다 잊으시고 즐겁게 보내시라고
지금 이 자리를 마련하였습니다
부족한 것이나 실수한 것이 있더라도

어여쁘게 봐주시고 행복한 하루가 되시기 바랍니다
끝으로 이 자리를 빌려 약속드릴 것은
저희 자식들은 앞으로
이세상의 어느 누구보다도 현명하게 살아가는 모습을
보여드릴 것을 약속드리고
저희가 어머니께 드리는 바람은
힘들어하시는 모습이 아닌
항상 건강하게 웃으시는 모습을 보여 주세요
저희 역시 만인의 귀감이 되어 살아오신
어머니의 모습을 닮은 자식이 되겠습니다
어머니!
이제까지 저희를 예쁘게 키워주신 것
정말 감사드립니다

고향

어머니! 그리고 고향
그곳은 나의 모태가 아닌가?
생각만 해도 괜히 눈가가 젖어든다.
객지서 생활하는
모든 이의 공통된 생각이리라
고향에 가면 기다렸단 듯
그곳 들꽃은
익숙한 향내로 코끝을 씻어 줄 것인데!
젊은이들이 다 떠나고
늙으신 부모님만 남아있는
늙어버린 고향땅엔
고향을 떠난 자식들은 돌아오지 않고
그 자리엔 이국-異國의 여인들이
고향을 지키고 있다
이젠 세월이 흐르면 흐를수록
고향은 점점 더 늙어만 갈 것이다

장터

30십리 흙먼지 자갈길을
뒤뚱거리는 소달구지타고
어머니와 함께 갔던
있어야할 것은
모두 갖추어 있는 5일 장터

떠돌이 장꾼들이 펴놓은
수많은 난전 앞에서
주고받는 흥정 속에
간혹 목소리가 커지기도 하지만…….
서로 간에 양보해가며
물건을 팔고 사는 여유로운 풍경이다

논어-論語 맹자-孟子 중용-中庸 대학-大學
사서-四書를 내가 집어 들자
어머니는 장지갑을 열고
흥정도 안하시고 책값을 지불 하였다

자식이 사는 물건은 너무 흥정을 하면
우리가 떠난 뒤에
뒷모습을 보고
장사꾼이 욕을 할 것이란 마음에서다

아~ 어머니! 우리 어머니!

친가 외가 학자집안이여서
어머니 교육열은 남다르셨다
어머니 자신에 대한 물건을 살 땐
언제나 수번 흥정을 하고나서
나무늘보처럼 느린 동작으로
허리춤에서 주머니를 꺼내 열고 돈을 지불했다

가훈

우리 집 가훈-家訓은
- 상대방이 나를 볼 때
  고운 눈으로 바라보는 사람이 되어라

어머니께서는 내가 어릴 때 말썽을 부리자
대청마루에 무릎을 꿇게 하고

- 너의 잘못으로 인하여
  저놈이 누구 놈의 자식이라고
  손가락질 하면서 눈을 흘기면
  부모를 욕을 먹이는 것과 같으니
  불효를 하는 것이다

뭇 사람에게 말과 행동을 바르게 하라는
어머니의 훈육-訓育 이었다
5세 때부터 어머니에게 받은 밥상머리 교육이다
나도 자식에게 그 말을 답습시키며 살아가고 있다

갑옷

하늘이 갑자기 낮아지며
구름이 태양을 보쌈하든 날
하늘이 답답하였는가
귀청이 떨어질 듯한
콰르르 쾅쾅 천둥 번개 불 칼이
허공을 쪼개버리자
구름보자기가 찢어지며
불 회초리가 튀어나와서
예배당 종탑을 후려 패서 작살을 내자
어머니는 불 회초리보다 더 빨리
어린 나를 품안에 감싸않았다

우리 어머니 등은
계백장군의 갑옷보다 더 강했다
곧 이어 쏟아지는 소낙비에
어머니 등은 우산이 되어 주었다

칭얼대는 자식들의

안락한 침대 역할을 했던 어머니 등은
이젠 눈썹달이 되어 버렸다

세상사 흐르거나 말거나
자연의 뜻에 따라 살아오신 어머니
그러나 무정한 세월은
어머니에게만 지나간 것 같아보인다

계량기도 티스푼도 필요 없이
눈가늠으로 대충대충 뿌려서
스적스적 뒤섞어서 만드는 겉절이
어머니 손은 마술 손!

어머니의 마술 손

얼가리 배추를 손으로 듬성듬성 잘라서
다진마늘·고춧가루·물엿·참기름·간장·참깨가루
계량기도 티스푼도 필요 없이
눈가늠으로 대충대충 뿌려서
스적스적 뒤섞어서 만드는 겉절이
어머니 손은 마술 손!

자식이 집으로 돌아가는 길
보자기에 바리바리 싸온 어머니의 삶을
차 트렁크에 한 가득 실어주면서
어머니의 손과 입은 쉴 틈 없이 바쁘다

내무검열

토요일 아침부터 걸린 비상
털고·쓸고·닦고·정돈하고
대 청소하느라 땀 흘렸으니
늙은이 냄새날까봐
목욕탕에 가서 샤워를 한 후
장미 향수 한 번 찍~

말썽꾸러기 *해피는 철장가둔 뒤

- 우리 집 내무검열 준비 끝

띵~동 소리에
현관 문 앞에서 긴장 한 채
도열한 각시와 나
다급하게 문이 열리고

- 김해 할부지! 할무니!

대한민국 독립만세를 부르듯
두 팔을 번쩍 쳐들고
환한 미소 띠며
외씨 같은 예쁜 발에
바람개비를 달고 달려와서
품에 안기는 손자-孫子

- 엄마보다 할아버지 할머니가 더 좋아

뒤따라 들어 온 며늘아기
시샘어린 한마디에…….
우리가족 싱글벙글

* 애완견 이름

인생

일광단-日光緞 짜서 무엇을 할 거냐
월광단-月光緞 짜서 무엇을 할 거냐
일광단 남편 옷을 만들고
월광단은 내 옷을 만들지
어머니가 삼베를 짜면서 부른 노동요다

- 일광단과 월광단은 무슨 말입니까

일광단은 낮에 짠 베여서 촘촘히 잘 짜진 것이고
월광단은 밤에 짠 베여서 허름한 것이다

무릎이 다 까이고 입술이 부르트도록
길 삼을 하여 만든 고운 베는 남편 옷을 만들고
허름하게 짜진 베는 자신의 옷을 만드신 어머닌
삼강-三綱의 부이부강-夫爲婦綱과
오륜-五倫의 부부유별-夫婦有別을 실천한 것이다

아름다운 여인의 모습

클레오파트라!
- 아니야

양귀비!
- 그도 아니야

미스코리아!
- 천만에 말씀

한 올 한 올 뜨개질 하는 여인
임신한 여인
아기에게 젖을 먹이는 여인
이 세상에서 제일 아름다운 여인의 모습이야

왜?
사랑하는 사람에게 주려고
정성들여 뜨게 질을 할 것이고
생명을 잉태한 여인은
정갈한 마음을 가질 것이고
배고파 우는 자식에게
젖을 먹이는 모습은…….
천사 같다는 생각이 들기 때문이다

117

약속

옛날 청상과부가 살고 있었다
어느 날 낮잠을 자고 있는데
꿈속에 비둘기가
젖가슴 속으로 파고들어
깜짝 놀라 일어나 보니
흰 비둘기가 한 마리가
마당을 가로 질러 날아가는 것이었다

그날로 임신을 했는데
출산일이 지났지만 아기가 나오질 않아
이웃 노파가 와서 ※댓잎으로 배를 가르고
아이를 무사히 꺼냈다
아이는 열 달이 지나자 걷기 시작을 하고
말도 유창하게 하였다

그러던 어느 날 아이가
팥 한 말과 ※서숙 한 말을 자루에 넣어 달라 하여
그렇게 해주었더니…….

"어머니! 제가 집 뒤에 있는 큰 바위 속으로 들어가 공부를 하고 나오려고 하오니……. 1년이 되는 날에 내가 어머니 뱃속에서 태어날 때 사용했던 억새풀로 바위를 내려치면 내가 나올 것입니다. 이 말은 절대로 비밀이니 아무에게도 말을 하면 안 됩니다. 어머니와 저와의 약속이니 약속을 깨면 절대로 안 됩니다."

그러한 약속을 하고 아이는 팥과 서숙을 들고 바위 속으로 들어 갔다. 1년이 다되어가던 어느 날 이웃 노파가 마실을 와서 아이의 행방을 물었다. 그간에 수차례 아이의 행방을 알려고 하여 "친정집에서 기르고 있다"고 얼렁뚱땅 둘러대고 넘어 갔으나……. 오늘은 집요하게 물어와 아이와의 약속이 거의 다 되어 "아무에게도 말하지 말라"는 노파와 약속을 하고 그간에 아이와의 비밀을 털어 놓았다.

궁금함을 못 견딘 노파가 과부 몰래……. 과부와의 약속을 깨고 아기 출산 때 사용 했던 뒷들에서 무성히 자란 억새풀을 한줌 베어와 과부가 말해준 바위를 내려쳤다. 그러자 천지를 진동하는 굉음과 함께 바위가 갈라졌다. 그 소리에 놀란 과부가 달려가서 살펴보니 노파는 그 자리에서 즉사를 하였고 갈라진 바위에서 쏟아진 것은 무릎을 펴고 일어나려는 수많은 말과 칼과 창 그리고 방패를 손에든 수를 헤아릴 수 없을 정도의 병졸들이 갑옷을 입은 채 엉거주춤 자세로 곧 일어날 것 같은 모습이었고 아이는 황우 장사의 모습에 허리에 큰 칼을 차고 있었다.

아이는 약속을 어긴 어머니를 원망어린 눈으로 바라보며…….

"어머니! 이 나라를 왜적으로 부터 구하려 하였으나 어머니의 말 실수로 인하여 저의 꿈을 이루지 못 하게 되었습니다. 이젠 아무 것도 할 수 없으니 파랑산※에 가서 신선-神仙이 되려고 합니다."

아이는 어머니와 헤어져 파랑산으로 떠났다. 아이가 바위 속으로 가지고간 팥알은 말이 되었고 서숙은 병졸이 되었던 것이다.

※ 이 이야기는 내가 어렸을 때 어머니가 들려주던 이야기다. 약속을 지키라는 어머니의 아들에 대한 훈육이었을 것이다. 나는 천재지변이 없는 한 약속을 지키려고 노력하며 살고 있다. 내가 소설가가 된 것도 옛 이야기를 잘 해주시 어머니의 유전인자에 의해서 일 것이다!

※ 뗏잎– 억새풀 억새풀잎은 톱니처럼 날카롭다
※ 서숙– 좁쌀
※ 파랑산– 전남 고흥군 바닷가에 있는 산
※ 팥은 말이 되었고 서숙은 병졸이 된 것이다

할머니의 사랑

오늘도 다급하게 문이 열리고…….

"김해 할부지! 할무니!"

대한민국 독립만세를 부르듯 두 팔을 번쩍 쳐들고 환한 미소 띠며 외씨 같은 예쁜 발에 바람개비를 달고 달려와서 품에 안기는 손녀 -孫女다.

그랬던 아이가 어느 날 부턴가 각시에게 먼저 안긴다. 아이가 요즘 마음이 변했나. 아닐 것이다! 제법 사물을 알고부터 할아버지보다 할머니가 자기에게 더 세심한 관심을 보이고 먹는 것에서 부터 장난감까지 잘 챙겨주는 할머니가 어린마음에 더 좋았을 것이다! 그러한데? 자기 집으로 돌아갈 때 내가 용돈을 주면 아무 돈이나 주는 대로 받았는데……. 최근에 와선 천 원짜리(퇴계 이황 할아버지) 몇 장을 주면. 아직 발음이 부정확한말로…….

"할부지 시더요-(싫어요)."

오천 원(율곡 이이 할아버지)을 줘도

"할부지 그거도 시더요."

만 원(세종대왕)을 줘도

"그거는 많이 시더요."

"애야! 오늘은 용돈 필요 없니?"

121

질문에 눈물을 글썽이며

"할부지! 할부지 그려진 돈 시더요. 할머니가 그려진 돈 주세요."

"……."

양손을 포개 손을 내민다. 줄 수밖에……. 그러면 아이는 오른쪽 발을 뒤로 구부리고선, 공연은 끝낸 발레무용수가 관객에게 인사를 하는 것처럼 인사를 한다. 그러한 모습을 보고 아들과 며느리는 싱글 벙글 이다. 시켰나! 아니다. 어린 마음이지만 할머니의 지나친 관심에 서 일어난 일이라고 생각한다. 큰돈을 주어서 앞으론 날 더 좋아하려 나. 철모르는 아이가 큰돈을 알고 날 좋아 한다면! 안 될 말이다.

※ 부동산 사무실에서 자주 고스톱을 게임을 하는 절친한 친구의 이야기다.
　나는 친구들의 기쁨조다. 승률 20%도 안 되는 실력이어서 친구들은 수시로 전화를
　한다.

어머니의 모습

이승이나 저승이나!
천사가 있고
선녀가 있다는 믿음을 가졌다면
배고픈 자식에게
밥을 먹이는 어머니 표정을 보아라
넙죽넙죽 밥을 받아먹는
자식을 바라보는
어머니 눈빛이
천사이고 선녀의 모습이리라!
하여…….
예부터 선인들은
세상에서 제일 듣기 좋은 소리는
자식이 글을 읽는 소리요
밥을 먹는 소리라고 하였느니라

세월

쪽마루 밑에 가지런히 놓인 검정 고무신엔
어머니의 흔적이 완연한데…….

집으로 돌아가는 길
잠시
동구 밖 당산 팽나무아래 돌 위에 앉아
옛 생각을 하니
적당히 길어진 세월동안 묻어 두었던
어릴 적 고향의 추억들이 낯설지 않게 다가와
발그레 진 눈 밑에 슬픔을 그리고 있다

"……."

핏기 없는 만월이 걱정스레 보고 있는데

살아생전 어머니가
삶의 흔적들을 바리바리 챙겨주시며
갈길 먼 자식의 안전귀가를 바라시던

그때의
아련한 기억들이
가벼운 궁둥이를 붙잡고 노아주질 않는다
이젠
나이 들어 찾은 고향은
돌아가는 발길을 더디게 한다

오늘도 여느 때처럼……

늙어 죽을 때가 다된!!!!
이름 모를 새가 구슬프게 울고 있다
나도 멀지 않아 저승사자 소환장을 받을 것이다
아직 끝내지 못함이 많은 인생인데

"일마야! 천하를 호령했던 군주도
하루 밥벌이가 고달픈 거지도
인생은 모두가 미완성-未完成이니라."

고향

봄이 오면 논 밭 두렁에 솟아오른 삘기 까먹었고
버들강아지 솜털 벗는 날 실개천에서 가재를 잡으며
할미꽃 핀 동네 옆 동산 묘 터에서 해거름까지 놀았지

여름이면 동네 앞 저수지에서 코흘리개 고치 친구들과
홀러덩 옷 벗어 던지고 멱 감고 놀았지
제비가 되어 강남으로 날아갈 거냐
두더지가 되어서 땅속으로 들어갈 거냐
이놈들 꼼짝 말고 있거라 쫓아오며 소리치는
욕쟁이 할부지 참외밭도 서리하여 먹었지

콩 깍지 익어 가는 늦은 가을날
황소 타고 꼴망태 등에 지고 소 먹이다가
상수리 개 도토리 주어다 구슬치기하고
산골짝 구석에서 콩 타작하며 알밤도 구워 먹었지

동지섣달 기나긴 밤 봉창 문풍지가 삭풍에 울 때
친구 집 사랑방에서 호롱불 밝혀두고

이쁜이 금순이 고 가시네들과 손목 맞기 민화투놀이
동트는 새벽녘까지 밤샘하고 놀았지

이제 나이 들어 찾은 고향 땅
당산 늙은 나무 아래 돌 앉아 옛 생각을 해보니
늙어버린 고향 땅은 옛 그대로 이건만……
계단식 논두렁을 씨 주머니가 요령 소리나도록
진종일 뛰고 놀던 유년시절 고추 친구 하나 없고
머릿속 기억이 빛바랜 흑백 사진처럼
흘러 가버린 세월 속으로 나를 데리고 간다

※ KBS 제일 라디오 2002년 설날 귀향길 수원대학교 철학과 이주향교수가 진행하는
  책 마을 산책에서 30분 특집방송 때. 성우가 낭송 국군의 방송 문화가 산책1시간특
  집방송 때. 낭송

이승의 끈

여름은 머뭇거리고
가을이 기웃거리는
연지공원 산책로 벤치에 앉아
피로를 푸는 중
툭……. 젊은 소나무에서
솔방울 하나가 떨어 졌다
달려가 살펴보니
50여 곳 씨방이 텅텅 비어있다
돌개바람이 부는 어느 날
솔 씨들은 머리에 바람개비를 달고
정착할 곳을 찾아 모두 떠났을 것이다!

소나무는
필요 없는 씨방을 떨쳐버린 것이리라
울 엄니도 자식들이 민들레 씨앗처럼
살길을 찾아 객지로 모두가 떠난 후
어느 날…….
솔방울처럼 이승의 끈을 놓아버렸다
자연이나 인간사 알고 보면
생성-生成과 소멸-消滅은 모두가 닮은꼴이다

천도제 - 天道祭

어머니 영혼을 하늘로 보내고
집으로 돌아오는 고갯마루
만삭의 달이 된 어머니 얼굴이
그림자 동무되어 내 뒤를 따라 나왔다

가슴속 그리움을 부리나케 뒤져보니
세월이 유수처럼 흐르고 흘렀지만
마음 한 곳에 오직 한 사람

웃음 반 울음 반 뒤섞인 어머니 얼굴에
비우고 채울 수도 없는
사랑의 눈물이 흐르고 있었다

불길처럼 번지는 어머니에 대한 그리움의
유효기간은 이제부터 시작이다

※ 차창 밖에선 굵직한 빗방울들과 사립문에서부터 뒤 타라오며 아우성치는 그리움들이 자기들 떼어 놓고 갈까봐! 필사적으로 쫓아오고 있지만……. 혹사시킨다고 간혹 차가 불평을 하여도 그러거나 말거나 속도를 늦추지 않은 채 얼레고 달래가면서 집으로 왔다.

낙동강

낙동강 강둑은 옛날처럼 그 모습대로 누워 있고
강물은 어머니 품에 안긴 듯 숨결을 다듬고 있다
머나먼 여행길 피로에 지친 철새들
강어귀에 밤 내리니 끼리끼리 동무되어
물소리 먹고 살랑거리는 갈대숲 틈에 침실을 편다

눈감으면 낮게 호흡하는 소리
잔잔하게 몰려와 작은 등을 쓸어내린다
엄마 팔베개 속에 죽지 아파 훌쩍거리는
아기 새 옆에 별과 달이 내려와 누우니
물안개 차갑게 눌러 앉은 강물 속에 잠긴
낮은 꿈들이 하나 둘 눈물 씻는다

슬픔 속을 빠져 나온 떠돌이 바람 한 무리
발목 담근 갈대숲에 머무르니
갈잎들의 살 ~ 그랑 거리는 울음소리가
수만리 먼 길을 날아와 지쳐 잠들려는
철새들과 낙동강 강물을 깨워버렸다

고향 나 들 목에서

바람 불어 좋은 날…….
신식 걸망 등짐 지고 길을 나섰다.
햇볕에 달구어진 대지를 뚫고 나온 들풀은
물오른 소나무 새순 솔향기와
도심에 찌든 코끝 때를 닦아낸다.

자연의 모든 생물 태어나고 죽는
두 이치를 아는 듯!
지난날 파란 새싹 돋아난 것 같이
수줍게 꽃망울 터트려 버린 찔레꽃 향기는
그렇게 살다 지쳐 산으로 떠났다.
눈물 흘리며 엄마 찾는
아기송아지 울음소리도 하늘로 날아갔다.

산 끝자락 옹기종기 앉아있는 늙은 초가집
누군가가 버선발로 뛰쳐나와 반겨줄 것 같은
정겹고 소담스러운 길고도 먼 이야기 같이!
봄볕을 머리에 이고 앉은 어머니 모습처럼

세상에서 가장 아름다운 풍경으로 다가온다.

집을 떠나고 싶은 충동을 잡아 주었던
어머니 품 같은 고향 땅
고갯마루 들꽃은 바람을 부르고
바람은 산 고랑을 달려와 꽃향기를 휘돌아 안고
바쁜 발길로 산자락을 흩어 내 닫는다.

-아련한 기억 속에서 "톰 존슨"의
"고향의 푸른 잔디"가 재생되고 있다.
　귀향길……. 세상의 아름다움이 이어달리기라도 하듯 달리는 차
창 밖의 풍경이 자주 얼굴을 바꾼다. 심산계곡까지 길을 잃지 않고
찾아온 계절에 허락 받지 않은 풍경은 버려야할 욕심인데! 해 뜨면
살아 움직이고 해지면 쉬는 자연과 나는 닮은꼴이다!

고향

계단식 다랑이 논두렁을
사타구니 속 불알이 요령소리 나도록
오르내리며 진종일 친구와 놀던 곳에
이제 나 대신할 아이들도 없다

사랑방 아궁이 입이 터지게

※ 청솔가지를 밀어 넣고 풀무 돌려 군불 때면 굴뚝에서 처녀귀신처럼 머리 풀고 하늘
을 오르는 하얀 연기도 없다

30리 5일 장터로 오가던
뿔 밑에 워낭을 달고
덜거덕거리는 달구지 끌며 씩씩대던
얼룩무늬 황소도 없다

집 뒤뜰 남새밭의 늙은 감나무에
홍시 감이 주렁주렁 남아 있지만

장대로 따서주시던
할아버지 할머니도 저승 가고 없다

나 유년시절의 그 땅 그대로인
늙어버린 고향 땅 그 곳엔
희미한 기억 속의 흑백활동사진도 멈춰버렸다

그래도 고향은
나 죽으면 잔디 한 평 덮고 누워 잘 땅은 있다
뜀박질하는 아가야 하나도 없는 고향은 늙었다
나 역시 유수 같은 세월을 따라 늙어가고 있다

※ 생 소나무가지

수화기 넘어 칠순 어머니 목소리가
귓가에 쟁쟁 함이 엊 그제 같은데
저승으로 여행을 가신 뒤
어머니는 돌아올 기미가 없다.
저승이 얼마나 좋아서 한번가면
어느 누구도 이승으로 오질 않았다
아버지, 형님, 장인, 장모, 처남과
수많은 일가친척을 비롯한 지인들도

- 나도 한번 저승에 가 볼까

"아직 이승의 인연이 너무 많이 남아있으니……,
조금 더 있다가오란다!

소록도 비련-悲戀

분홍빛 바닷물에 담금질하던 석양도 지고
녹동포구-浦口엔 희미한 가로등 불빛이 밤을 열고 있다
문득 생각이 나서 찾아온 그리움이 멈춰 버린 곳
포구를 간간히 지나는 떠돌이바람은 조용히 불고
별빛과 달빛을 머금은 물결은 희미하게 살랑거린다
살랑거리는 물결 따라 흔들리는 나룻배는
오늘도 오지 않은 그대를 기다리고
나만 홀로 헛된 한숨을 내쉴 뿐이다

사랑하는 여인아 오늘도 만나지 못해
짝 잃고 슬피 우는 바닷새 울음소리에
그대를 향한 그리움의 둑이 터져 버렸다
혼자 외로워 견디기 힘든 이 시간
솔숲 사이에서 거친 숨소리로 나타나
내 이름 석 자 나직이 부르며 다가와
쿵쾅거리는 내 가슴에 살며시 안겨주길 소망한다

고흥만-灣물속 달과 수많은 별들이 잔물결과 노닥이는데

나의 간절한 기다림의 시간은
타다 남은 담배꽁초만 질서 없이 쌓여만 가고
나는 몇 번이나 성냥을 그으며 긴~기다림을 소각한다

얼마나 많은 시간이 너를 잊어버리게 할는지
너 잊어버림으로써 자유로울 수 있다면
사랑이란 구속이 아니란 것을 알았을 텐데
방황하고 헤매는 나를 두고 떠난 내 사랑을
이 생명 다하도록 잊을 수 없다는 것 알면서도
기억 속의 그대 지우려고 가슴에 빗장을 걸어두었다

이별은 헤어짐이 아니라 또 다른 기다림인 것을
내 가슴속 깊은 곳에 작은 눈물 호수 만들어 놓고
그대 이름 석 자 아직까지 지우지 못하였다

소록도 끝자락산책로에 줄지어선 가로등 아래
이따금씩 사람들이 길을 오고 가는데
옛 기억 속에 나에게 다가오는 사람이 있다
언제나 마음속에 실루엣 내 사랑 여인이

깜빡거리는 늙은 가로등 기대서서
가슴속에 만들어둔 작은 눈물 호수 둑을 터버린 채
풀벌레울음과 하모니 되어 펑펑 소리 내어 울어버렸다

산들바람 부는 포구 물속에 잠긴 달과 별들은

하얀 파문의 리듬에 고요히 흔들리는데
오늘도 그대의 작은 숨소리를 듣고 싶어
엄마 잃은 아기사슴처럼 조용한 발소리로 귀 기울이고
슬픈 사연을 머금고 있는 유방 섬을 곁눈질하며
소록도 바닷길 목책산책로를 거닐고 있다

※ 소설집 『묻지마 관광』 수록

輓歌-상엿소리

새로운 무덤을 예고하나!
워낭※소리가 들린다
머~언 좁은 계곡 사이로
저승이 두려운 어머니에게
상여꾼의 슬픈 만가-輓歌가
귓전에서 맴돈다

- 어머니는 꿈을 꾸었다
어머니의 불길한 예감이……
한 낮의 가벼운 꿈에서 깨어나
조용한 미소는 퇴색해 나간다

차가운 대지에 온기를 주느라
힘 빠진 햇살이 구름 뒤로 숨어들고
바쁜 갈 길을 비껴주지! 않는다고
비록 내일 이승을 떠날지라도
오늘도 어머니는 이렇게 살고 있다

※ 호남지방에선 상여꾼 앞잡이가 워낭을 흔들며 상여노래를 부르면 상여꾼들이 따라
　서 합창을 한다.

139

화가 난 돌개바람 행패를 부린다
한껏 겁에 질려 떨고 있던
옷을 벗은 나뭇가지들이 서러이……
죽음의 공포처럼 비명을 지르자
건너편 산 중턱에 외로이 앉아있는
암자 처마 밑에 몸이 묶인 풍경이
다급하게 금강경을 읊어 댄다

어머니는
불길한 생각들을 밖으로 내보낸 뒤
전화기 자판을 누른다
어머니 세상의…… 근심 걱정 사라진다

귀향 길

언제나 들어도 싫지 않았던
다정다감의 어머니의 말도
그 무엇 하나 담지 못한 나는

보이지 않은 어머니를
목쉰 소리로 부르며
그리움에 울먹이다가
사립문 밖에서 눈물샘 다 비우고
가까스로 돌아서는데

기억의 공간에 휘청거리는
어머니의 영혼이
여명의 빗장이 열린 고갯마루에서
엉거주춤한 자세로
손사래 치며 머뭇거리고 있다

오늘도 작은 흔적을 남기고 돌아서건만
풀리지 않는 그리움의 갈증은

아직 그대로인데
뒤돌아보고 또 바라보니
그리움은 고향산천 이곳저곳을 여울져 떠다니고 있다

※ 보이지 않아도 느껴집니다
　어머니의 영혼만이라도
　언제나 자식에게 향하고 있다는 것을

엄마생각+아기생각

KBS TV 인간극장 한 장면

공해에 찌든 도시 삶에 싫증을 느낀 가족이
귀촌하여 사는 산골
도란도란 거리며 물이 흐르는 도랑※가를
3살배기 딸아이 손을 잡고 걷는 산책길 변엔
연분홍 진달래꽃에 꿀벌들이 꿀 채집이 한창이다

조막※-趙漠 발걸음을 멈춘 아이가 꽃 앞에서
검지손가락으로 꽃을 가리키며

- 엄마! 꽃이 운다

클로즈업 된 화면에는
분명 꽃잎엔 아침 이슬이 크게 맺어 있다
아기의 눈에 비친 동화세상!
아기는 훗날 훌륭한 시인-詩人이 될 것이다

아기엄마는

- 꿀을 모두 가져가니까! 꽃이 우는 모양이다

아기의 눈에 비친 느낌을 알아차린
엄마의 설명이 얼마나 멋진 교육인가!

※ 조趙-걸음걸이의 느린 모양 (조)
　막漠-조용하다 (막)
※ 도랑가-시냇물이 흐르는 둑길

망부의 만가-輓歌

신어산 품속에 안겨있는
자그마한 암자

법당에 천도제-天道祭가 열리고 있다.
서편제-西便制 가락인가
동편제-東便制※ 가락인가
소복은 입고 엎드려 흐느끼는
여인의 남편제-男便祭를 지내는 중이다
서럽다! 서럽다!!!
이만한 슬픈 가락-歌樂이 또 있을까?

까만 상복을 입은 어린아이는
고사리 같은 왼손엔
하얀 국화꽃 한 송이를 들고
오른손으론 엄마 어깨를 붙잡고 울고 있다

기쁨은 나누면 두 배 이고
슬픔을 나누면 절반이라는데

145

- 어린 자식 두고 저승가면
  나 혼자 어찌 살란 말인가

어머니의 울부짖음에

뜨겁게 달군 프라이팬 위에서
맨발로 뛰는 물방울처럼 발놀림을 하며
몸부림치는 두 딸의 눈엔
분수가 가동되어! 버렸다

살풀이 춤 · 극락 춤 · 바라 춤 · 춤사위에
슬픔을 토해내는 여인의 절규와
어린 자식들의 울부짖음이 신어산을 울리고 있다

※ 스님들의 염불소리
   서편제: 전남보성 지역 노래로 가늘고 느리다(서편제 영화촬영–청산도)
   동편제: 전남구례 남원 지역 노래로 활기차다
   남편제–男便祭: 남편제사 (祭–제사 제)

어머니의 이야기

옛날엔 부모가 늙으면 깊은 산속에 버리는 고려장이란 풍습이 있었다. 어느 산골에 효성이 지극한 아들은 당시의 풍습대로 어머니를 지게에 지고서 버릴 곳으로 가는데……. 어머니는 가는 도중 자꾸 쉬어가라고 하였다. 어머니가 무거운 자기를 지게에 지고 가는데 힘들까봐! 그러나 했는데……. 쉴 때마다 그곳에 하얀 치맛자락을 잘라서 나뭇가지에 매달았다. 어머니를 버릴 곳에 거의 다 달아서 궁금하여 어머니에게 "무엇 때문에 그러하느냐?"고 묻자 어머니는 "네가 나를 버리고 집으로 돌아갈 때 어두워 길을 잊으면 이 표식을 보고 집으로 잘 찾아가게 하기 위하여서다"란 말을 듣고 아들은 많이 깨우치고 어머니를 데리고 집으로 왔다. 어머니를 버릴 장소엔 배곯은 호랑이가 기다리고 있었는데……. 먹을 것을 버리지 않고 돌아가자. 달려와 길을 막고 "왜? 버리지 않고 가느냐?"며 으르렁 거리며 연유를 물어서 아들이 어머니의 얘기를 들려주자. 호랑이도 어머니의 자식 사랑에 감복하여 길을 비껴주었다는 설화 이야기다. "효도는 짐승도 감동시킨다."는 아름다운 이야기다. 어머니 어린 시절에 이러한 동화책이 나와 있었는지는 나로서는 알 수 없지만……. 형제 중 호기심이 많은 나에겐 곧잘 이러한 이야기를 해주었다.

효의 근본을 알면 말 못하는 짐승도…….

147

이별의 장-場

10 남매를 키우면서
어머니가 흘린
땀방울의 무게는 얼마나 될까?
가늠하기가 어렵다
어머니 평생소원은
"자식 앞서 저승에 가는 것이다"라고 했다

자식들 잘 키웠다고
하늘이 감복하였나!
10남매 모두 출가시키고
20여년을 더 사시다가
어머니의 소원대로
큰아들 일하는 곳에
새참을 마련하여 가셔서
평생 자식들을 위해
일하셨던 삶을 터전에서
큰아들이 지켜보는 가운데
신들의 도움이었을까!

논 두럭을 베고 곱게 저세상으로 가셨다

지금의 신세대들은
자식을 1~2명 키우기도 힘들다고 하는데

고향을 찾아가는 길목에
어머니가 이승을 떠난 터를 지나간다

어머니의 땀내 나는
풍경이 숨어 있는 곳엔…….

삼배적삼에 머릿수건을 질끈 동여맨 채
염천 뙤약볕아래 논이랑 사이를
앉은뱅이걸음으로……. 흘린 땀방울이
작물 포기마다 거름이 되게 하여
자식들의 삶을 심었을 것이다

빛바랜 깃발이 나부끼는 밭엔
무사히 임무를 끝낸 허수아비가
손사래를 친다
어머니의 분신처럼!

- 내년에 또 만나요

질서를 지키지 않는

그리움이 스멀거린다
밑그림을 설명할 수 없듯이

↓

성경에 기록된 말은 정말로 믿을 수 있을 까!

하느님은 과거에도 사람들을 부활시키신 적이 있습니다.

성경에는 남녀노소 할 것 없이 다양한 사람들이 부활되어 이 땅에서 살았던 실례가 여덟 번 나옵니다. 죽은 지 얼마 안 된 사람들뿐 아니라 죽은 지 나흘이나 된 사람도 부활되었습니다. (요한 11:39~44)

하느님은 생명을 창조하신 분입니다.

성경에서는 여호와 하느님이 "생명의 근원"이시라고 알려 줍니다.
(시 36:9; 사도 17:24,25)

살아 있는 모든 생물에게 생명을 주신 분이라면 분명 죽은 사람도 살릴 수 있을 것이다!

하느님은 다시 사람들을 그처럼 부활시키기를 간절히 바라십니다.

여호와께서는 죽음을 미워하셔서, 적으로 여기기까지하십니다.
(고린도 첫째 15:26)

그분은 부활을 통해 이 죽음이라는 적을 정복하여 없애 버리기를 바라십니다. 그분은 자신의 기억 속에 있는 사람들이 부활되어 땅에서 다시 살기를 간절히 원하십니다. (-욥 14:14~15)

어떻게 생각하십니까?

그런 일이 가능할까요?

불가능할까요?

잘 모르시겠습니까?

지상에서 통화의 혁명을 이룩한 스티브잡스가 하늘로 갔으니
……. 하늘과 땅 간에 통신망이 구축되어 곧 통화가 이루어질 것 같습
니다! 그때 가서 전화를 해 보면 알 수 있겠지요? 번호는 1004번!

하느님은 자기자식인 예수가 죄를 지어 그 고통스런 십자가에
못에 박혀 사형을 당해도 구하지 못했다. 무엇이 던지 할 수 있다는
천지간에 최고의 신-神이……. 인간을 만들 때 죄를 짓지 않게 만들었
어야 하는 것 아닌가? 성직자와 종교인은 하느님이 곧 인간을 구원하
러 온다고 한다. 이 말은 몇 천 년부터 기독교인들이 하는 말이다. 이
세상의 전쟁 대다수는 종교 전쟁이다. 종교적인 분쟁! 전쟁으로 35억
여 명이 희생됐다는 기록이다.

흔히들 소설가를 작은 신-神이라고 부르기도 하면 사기꾼이라고
부릅니다. 나는 후자라고 생각합니다. 자그마한 이야기를 자기 마음
대로 상상하여 크게 부풀리는 것입니다. 성경 집필자나 번역자도 똑
같을 것입니다. 이미 번역된 책은 구입하지도 않을 것이며! 다른 뭔가
새로운 내용이 있어야 하기 때문입니다. 성경의 말대로 또는 성직자
의 말대로 부활이 이루어진다면……. 이 세상 모든 사람은 당장 교회
를 나갈 것입니다. 계급 높은 바티칸에서 교황으로 지낸 사람도 죽어
서 부활된 사람이 없습니다.

그래서 저승가신 어머니도 돌아오지 않습니다. 성직자들의 거짓
말처럼 그곳이 좋아 돌아오지 않는다면 저도 할 말이 없습니다.

151

어머니의 가슴

산 그림자를 안고 서성거리는 바람이
데이지 꽃대를 흔들고 있는 묘 앞에
세상에서 가장 낮은 자세로
엎드려 기도하는
여인의 모습은 경건하기까지도 하다

왜! 저럴까?
궁금증을 참지 못하고 조용히 다가가

-누구의 묘입니까?

늙으신 어머니는 가슴아래 묻어둔
슬픔의 빗장을 풀어버린다

괜한 것을 물어 보았나 보다
아마……
자식이어서 그럴 것이다!

계곡까지 오느라 늦어진 햇살이 걸음을 멈추고
어머니 볼을 타고 내리는 눈물을 만지고 있다
슬픔은 감출 줄 알지만
흐르는 눈물은 어쩔 수 없는 모양이다
오늘부터 어머니의 세상은 점점 좁아질 것이다

인생이란 영원한 것이 아니기에
난
오늘 살아 있음에 감사하다

어머니는 못난 죄인

이 땅의 어머니의 푸념은
"어미가 죄인이고······.
어미가 못났다"이다

왜?

뼈가 부서져라 일을 하였건만
어머니의 삶은 그대로다!
자신의 궁핍과 어깨에 짊어진
삶의 무게가 버거워
오늘도 어머니의 삶과 희망은
좌절과 슬픔으로 범벅되어 있고
가난의 아픔이 일상의 시름과 혼합되어
밥그릇 속에서 출렁거리고 있다

자식에게 많이 가르치지 못하였고
자식에게 많이 주지를 못하여서다!
자식들을 안보면 그립고
보고가면 더 그리운 것이 어머니의 마음이다
어머니의 가슴의 응어리는
언제나 과거속의 시간에 있는 것이다

풍경

가슴 속에서 꿈틀거리는 뭔가를
잊어야할 시간이 다가와 이게 아닌데 생각에
붉은 얼굴이 되어 길을 나선 나는
여름에서 가을로 가는 길목 강변에 서있습니다

강변 물안개는 수목 담채화를
미풍과 함께 그려내고
때 이른 코스모스가 눈물 꽃을 피우며
서럽게 울고 있는데
들 쑥들은 또 왔다고
떠돌이 바람을 붙들고 수근 거립니다

강가엔 등 굽은 노인의 손길이
간밤의 수확에 바지런합니다
빈 그물인가 생각했는데
자세히 보니
여러 사람의 생이 주렁주렁 매달려있습니다

노인의 집에선 따스한 아침상을 차려놓고
더딘 발길에
할머니 귀와 시선은
사립문을 향해 있을 것입니다
이른 아침
자연이 보여주는 풍경의 삶이 풍요롭습니다

5-BLY→어머니

폭염이 작열하는 복날
연지공원 벤치에
말티즈애완견이 앉아 헐떡거린다.
어지간히 더운 모양이다
안쓰러워 들고 있던
지리산 청정수가 담긴
키 낮은 페트병 마개를 열고
손바닥에 물을 따라 먹였다
갈증이 많아 선가!
반병을 먹어 치운다

애완견을 데리고 산책을 나온 개 어머니가!
고맙다고 인사를 하자

개는
물을 준 나에게 고마움을 표시한다고
진한! 키스를 퍼 붙는다

- 5~BLY 더럽게 무슨 짓이야?

소리치는 엄마 말을 무시한 채
내 입을 계속 핥아댄다
지독히……. 진한 키스다!

- 맛데 구다사 =기다려

고함소리에
막무가내로 하던
키스를 멈추고 얌전히 앉는다

일본인의 애완견!

국적이 어딘 간에
고맙다고 말로는 표현 못하는 개가
어쩌면 사람보다 더 예의가 있다

물질

적당히 파도가 살랑거리는데
물 허벅을 등진 82세 어머니
오늘도 쉬지 않으시고 물질을 한다

- 오늘 같은 날에도 많은 수확을 합니까?

- 바닷물 속에 칠성판을 짊어지고 들어가
  용왕님의 물건을 훔치는 일인데
  억지로 많이 잡으로고 하면 안 되는 일이지
  욕심을 내고 일을 하면 벌 받아

- 어르신! 이젠 쉴 때도 되었는데요?

놀면 밥이 나오고 돈이 나오는가?
손자들 용돈도주고 나 가용-家用도 쓰고

그래서 어머니의 뒤 모습은 항시 바쁘다
언제나 비바람을 막아주던 어머니의 넓은 등과

늘 저만치 앞선 어머니의 마음을 자식들은 알까

어머니 얼굴은 빤질빤질 잘 익은 홍시감이다
오늘따라 목이 쉰 바람은 뭍으로
날선 파도는 용궁으로 ……모두 외출중이다

오리엄마

2013년 7월 10일 오후 4시
김해시 내동 연지공원 분수 관람대 우측
뚱뚱보 쌍과부 술집 새끼주모 궁둥이 많 한
인위적으로 만든 돌 동산 중앙
우듬지가 가지런한
키가 낮은 물 버드나무 아래서
여자 물오리 한 마리가
2마리 남편들의! 꽥꽥 소리에
수련 밭을 공중부양-空中浮揚하여 합류한다
산책 나온 어린이가
빵을 쪼개서 흩뿌려주어 먹기 위해서다

배를 채운 오리는 돌 동산 앞에서 목욕을 한다
옷을 말리려…….
분수대 배관위에 앉아 깃털을 다듬는다
물갈퀴여서 둥근 배관을 잡지를 못해
앞으로 넘어지고 뒤로 넘어지기를 수차례
"……."

부들과 물 억새가 가림-迦林한
물 버들 밑으로 들어간다.
유심히 관찰한 나를 보고 한 시민께서

- 지금 알을 품고 있는데
  배가 고파 나와서 먹이를 먹고 들어갑니다

나는 그곳에서 아름다운 모성애를 보았다
더러워진 자신의 몸을 깨끗이 씻고
알을 품는 초보! 오리엄마
오랜만에, 아니 처음 보는 자연의 감동의 장이었다
오늘은 머릿속 컴퓨터를 끈다.
내일 다시그곳을 찾을 것이다

"……"

2013년 8월 10일
김해지역 기상 관측이래 최고인 39.2도의 폭염이다.
연지공원 수면의 위에는
2마리 수놈 오리와 암 오리가
인공 목책 다리 밑에서 한가롭게 몸단장이 한창이다
부화기간 1개월이 넘었는데
기대 했던 새끼오리는 보이지 않는다
폭염에 아마! 부화에 실패를 한 것 같다

그 넓은 수면엔 노란 어리연꽃이
밤별을 뿌려놓은 듯 가득하다
아기오리 발바닥 같아 보였다!

- 차~암 슬펐다

돌아서는데
1~2주 생명인 매미들이 유쾌한 수다를 떨자
못마땅한 듯!
어리연꽃에 에워싸인 연못 어둠 속에 가라앉은
애물덩어리 황소개구리 부부가
- 억울하고 불쌍하지……. 소리쳐 울어준다
호수 변을 따라 듬성듬성 앉아있는 원형분수대서
갑자기 물이 머리채를 뒤흔들며 솟구친다
오리가족 눈물방울처럼! 물방울을 쏟아내고 있다

그리움으로 물든 호수는 수시로 일렁이고 있다

- 암만 생각해보아도 거짓말 같다

※ 수련: 땅속줄기에서 잎자루가 자라 물 위에서 잎을 펴는 식물로 6~7월에 여러 색의
    꽃을 피운다.
  부들: 6~7월에 노란 꽃이 피며 핫도그 모양의 열매가 되는데 적갈색이다.
  물억새: 다년초로 잎은 줄 모양이며 9~10월에 꽃이 핀다.
  어리연: 다년초로 8월부터 새끼오리 발처럼! 샛노란 작은 꽃이 핀다.

툇마루에 앉아서
집 떠나는 아들을 보는
늙으신 어머니의 가슴엔
스멀스멀 떠오른 추억이
내 가슴을 훔쳐보고 있을 것이다

오늘도 귀향길엔
자기마음대로 잘생긴 간호사에게…….
무례하게 주사 맞은 궁둥이 통증처럼
그리움 때문에
눈물이 수양 버들가지처럼 휘날린다

자식처럼 키웠는데

TV 화면에 축산업 하는 적당히 늙은 여인
소들을 가리키면서

- 자식처럼 키웠는데

곧 한가위 명절이다
소들은 도축장으로 가는 화물차에서
포도 알 크기의 눈물을 흘리고

TV 화면에서 축산업을 하는 중년의 여인
돼지를 가리키면서

- 자식처럼 키웠는데 값이 내렸다고 푸념이다

돼지삼겹살이 여인의 밥 상위 불판에서……

TV 화면에서 양계 사업을 하는 젊은 여인
폭염에 힘들어 하는 닭을 가리키면서

- 자식처럼 키웠는데 사료 값이 올라 적자란다

닭들이 더워서인가 빨게 벗고 할복을 한 채
삼계탕 집으로

나도 해피※를 자식처럼 키운다
복날에도 해피는 걱정을 안 해도 된다

- 여보! 해피 산책시키고 오세요
"알았어요! 갔다 올 테니 걱정 마세요"

제발! 도축장에 갈 짐승을
자식처럼 키우고 있다고 하지 말라
그러한 말을 들으면 온 몸에 소름이 돋아난다

※ 해피: 말티즈 애완견
     해피는 2012년 6월 10일 출간한 소설집 『묻지마 관광』
     179페이지에 실린 "경비대장" 단편 모티브이다.

동구 밖 쉼터

엉거주춤한 자세로
웃음을 달고 와서 반겨 주시던
그날처럼 햇살은 온화한데
어머님의 흔적들은 간곳없고
북적이던 마을 고샅길 추억이 나를 반긴다

당산 팽나무 그늘아래서
옛일들을 간추리고 또 간추렸건만
이젠 나도 나이 들어 선가!
질서 잃은…….
옛 기억들이 모래알같이 흩어진다

안식처로 돌아오는 길
고갯마루엔
억새풀 꽃이 풍성한 몸으로
실바람에 몸을 허락을 하고 있는데
늘 뒤를 밟아 오면서 잔소리를 하던
날선 떠돌이 바람의 입도 잠잠하다

여우 빗소리크기 만큼 이별의 노래를 부르며
우리 예쁜 각시 보려고 귀향을 서둘렀다

↓

"애비야! 별일 없지야?" 그 목소리 듣고 싶어 전화기 자판을 눌러도 어머니 목소리를 들을 수 없다는 사실에 자꾸 나를 울컥거리게 한다. 아마도 시간이 가면 갈수록 더욱 그리워질 것이다!

나는 또 다른 기억을 위해 고향을 찾아간다. 고향은 어떤 풍경일까? 종잇장처럼 얇은 호기심이 여행이란 호사로 지칠 줄 모르고 나를 유혹하기에……

삶에 얽매임을 잠시 내려놓고 작은 손가방을 들고 길을 나섰다.

한참이나 걸어가다가 되돌아서 바라보면 손을 흔들 것 같은 풍경에 익숙하게 자주 들여다보고 싶은 것은 고향의 풍경이 있기 때문이다. 바라보이는 곳곳마다 만추 된 풍요가 넘쳤다. 소리 없이 갖가지 이야기를 품고서 내려앉은 계절의 아름다움이 눈부시지 않고 소박함이 더 아름다운 곳…… 조그마한 산허리를 돌고 야트막한 고개를 넘으면 산 끝자락 양지바른 언덕에 고만고만한 색색의 집들이 다닥다닥 붙어 앉은 마을이 고향이다. 눈앞에 펼쳐진 풍경은 도시의 번거로움을 씻어주는 한가한 모습이 빠르게 지나가는 세상의 속도를 내려놓게 한다. 자연의 시간과 속도에 순응하면서 사는 것이 어떤 것인지 알 것 같다. 빨간 슬레이트 모자를 쓴 집 외양간을 지나면 키 낮은 돌담 벽이 꽁꽁 둘러쳐진 고샅길로 꼬부라진 골목길을 따라 산책 나온 떠돌이 바람이 낙엽을 빗질하고 있었다. 쩨쩨하였던※…… 골목길도 이젠 넉넉하게 시멘트로 포장이 되어 큰 차도 쉽게 집 마당까지 들어

가게 되어있다. 고택을 지키는 경비견의 고함소리도 "먼 길 오느라 고생 했지야?" 언제나……. 반겨 주시던 어머니도 이젠 없다. 어머니 흔적을 찾으려올 때 마다 회한과 눈물은 한 세트로 찾아왔다. 그럴 때마다 그간에 뭉쳐있던 그리움의 덩어리를 쉽게 아주 쉽게 나는 부담 없이 토해 냈다. 차라리 소리 내어 엉엉 울어버리면 숨을 못 쉬게 만드는 그 단단한 그리움의 덩어리들이 한꺼번에 빠져나올 것 같아 고향을 자주 찾지만……. 그러나 가슴만 미어지게 아플 뿐 이젠 울음도 잘 나오지 않는다. 좀 더 많은 시간이 해결해 줄 것이다.

"……."

사립문을 나서며 뒤 돌아보면 삶의 터전으로 돌아가는 자식을 위해 부엌 문턱을 넘나드는 어머니의 치마 자락 끝에선 회오리바람이 일어나고! 음식을 담는 손엔 힘이 들어가는 모습이 아른 거린다. 아스라이 "조심해가거라. 싸게 싸게 가지 말고"하울링처럼 들려오는 것은…….

어머니 살아생전 목소리다! 오늘도 어김없이 무언의 인사는 길어지고 나는 한가득 넘어오는 목울음을 삼킨다.

※ 좁은 골목길

세상의 어머니 손은 약손입니다
나 어려서 배가 아프다고
데굴데굴 구르면 따뜻한 품에
어머니는 조심스레 끌어안고
손바닥으로 아픈 배를
살살 문지르거나 쓰다듬어주면
거짓말처럼 씻은 듯 배앓이가 나았습니다

정년퇴직

정년퇴직이 없는 그리움은······.

밤하늘에 떠있는 만삭의 달이
어머님의 얼굴인데
닿을 수 없는 그리움이 막막하다

목젖에 걸려있는 그리움 한 모금
아~어머니!
별빛처럼 쏟아지는 그리움들이
대기표를 들고 줄서있는
산모롱이를 돌아 나오면서

"······."

고향을 찾아 왔다 가는 길엔
아름다웠던 기억들이
잊어지길 바랐는데

또
나는
고향을 찾아와 곳곳을 누비며
어머니의 흔적을 찾아
어김없이 그리움을 구걸할 것이다

어머니 손은 약손

세상의 어머니의 손은 약손입니다
나 어려서 배가 아프다고
데굴데굴 구르면 따뜻한 품에
어머니는 조심스레 끓어않고
손바닥으로 아픈 배를
살살 문지르거나 쓰다듬어주면
거짓말처럼 씻은 듯 배앓이가 나았습니다

…….

세상엔 경애하는 인물이 수 없이 많다
나는 부모님을 제일로 삼고
다음은 의사와 간호사이다
거의 죽음에 다다른 나를 살려준 사람은
그들이었다

통화의 혁명을 이룩한
스티브잡스의 생명도

45조원의 거금이 있었지만
돈이 그를 살리지 못했다
치료를 하는 의사와 간호사가 있는
병원을 찾지 않았다는 것이다

……. 바보! 믿는 종교가 있었나?

모든 신들을 믿는 신도와 성직자들이여
한번 된통 아파보아라
누가 치료를 해주나

동행-KBS

남편이 친구의 빚을 보증해주는 바람에
남편은 닭장차에 실려가
※ 피아노치고…….
교도소에 수감 중이란다

집이 경매에 넘어가 살 곳이 막막한 어머니
친정집에서라도 빌붙어 살아보려 했건만
친정 엄마와 다툼으로 인하여
십 개월 된 어린아이와 4살 딸아이를 데리고
길거리로 나왔다

거처할 곳이 없어
허름하고 값싼 여관을 전전하며
생활비가 없어 시간제 일을 하려고
아이를 돌보아주는 쉼터에 맡겨두고 돌아서는데
어린아이가 엄마와 떨어지지 않으려고 울어댄다

음식점에 파트타임 허드렛일을 하는

어머니의 얼굴을 보니
나 딱히 믿는 신은 없지만
아무래도 오늘은 염치불고하고

하느님!
부처님!
천사님!
선녀님!
용왕님!
달마도를 가지면 소원성취 한다는 스님!
귀신을 마음대로 부리는 무당님!
무엇이나 알아내는 점쟁이님!

"……."

저 불쌍한 어머니와 어린남매를 위해
이번 주 로토복권-LOttO 당첨번호를 가르쳐주세요
- 너는 급하지 않고?
  소원을 못 들어주면 위에서 열거한 이름들의 신통력은
  모두가 거짓말이제……. 아니면 사기꾼이제!!!

※ 피아노-경찰서에서 조서 받으면서 지문찍는 것

어머니의 흔적 - 妳迹

오늘도 찾아가는 고향은
첫날밤 불을 끄는
신랑 신부의 설렘처럼 들떠있다
그러나
안방 쪽문위에 걸려있는
어머니의 흔적만 남아있는 영정사진이
조용한 미소로 퇴색해간다

시간의 껍데기인 주름살이
마음의 문을 두드리니
저만큼 멍들어간 흔적들이
그리움은 그토록 아픈 거라 말한다

"……."

잔설위에 질서 없는 발자국 남아 있으면
어머니를 가장 그리워하는 아들이
슬픔을 눈 밑에 그리며 마당을 서성이다가

새벽녘에 떠난 흔적인줄 알아주세요

빠름과 느림의 미학이 공존하는
고향을 뒤로하고 나서니
뒤 따라오던 갈바람의 손사래에 따라
손사래를 치던 억새꽃이
허리를 굽혀 온몸으로 이별의 노래를 한다

근심스러워 고갯마루까지 따라온 하현달에게
울컥거림을 설명을 해주어도
모르나!
달리는 차를 따라 앞서거니 뒤서거니 보폭을 맞추는데
바삐 달리던 차 걸음을 붉은 등이 막아선다
멈춘 채 왔던 길 돌아보니 너무 멀리 와 버렸다

어머니와
보이지 않는 끈을 풀 수 없는 이유가 존재하는 것은
모자-母子라는 고리다

……차곡차곡 쌓인 그리움을
두드리고 문질러서 헹구어야겠다

어머니의 교훈

"부부간에
불만스런 말은……. 아끼고
칭찬의 말은……. 절대로 아끼지를 말거라"

결혼 후 고향을 찾아 갔을 때
밥상머리에서 받은 교육입니다

우리 어머니가 자주하신 말씀입니다

※ 독자님들…….
　　부부의 인연으로 살아가면서 위의 글귀를
　　잊지 않고 살아간다면 행복한 가정이 지속 될 것입니다

위의 꼭지하나만이라도 답습 한다면…….
책값으로 충분하리라 생각이 듭니다!

한 낮의 꿈

고단한 삶의 흔적이 배어있는 사기사발에
정화수를 한가득 채워 부뚜막위에 올려놓고
검게 그을린 얼굴에
마디마디가 굵어진 손으로
자식들이 잘되라고
파리손이 되어 조왕-竈王님께 빌고 계신
가슴앓이 하는 어머니의 기도 모습

"……"

어머니!
나의 외침이 고샅길을 따라
살며시 볼 부비며 긴 산울림이 된다

실개천을 따라 번지는
늦가을 햇살이 길어 올린
서걱거리는 마음을 씻어
마당 한 가득 널어 말리고 싶은

가을을 두고 오는 길
아련한 기억을 되묻듯
내 눈썹을 닮은 낮달이 내려다보고 있다.

걱정이 되어 뒤를 밟아오던
떠돌이 바람이
수목의 머리채를 휘감아 난타 한 뒤
저 멀리 앞서 달아난다

어머니를 떠나보내고
간혹 눈물로 세운 날들이
내 눈에 아픔으로 젖어들었다
↓

그리움이 넘나들던 고갯마루 추억이 어린 풍경 속으로 들어서니 언제나 마지막장이 남은 그림책처럼 설렌다. 고향보다 고향 밖에서 살아온 시간이 더 길다. 언제나 삶이 고단했던 고향이었건만……. 자연만은 넉넉했던 고향이다. 돌아서면 그리워지는 고향풍경과 흘러넘치는 정을 가슴에 담고 여정을 갈무리 할 시간이 다가오는데……. 태양도 쉬 갈 길을 가지 못하고 긴 그림자를 드리운다.

기상관측소

"내일 비가 올 것 같다 비설거지해야겠다
팔 다리 뼈마디가 욱신거리는 것을 보니"

다음날 어김없이
줄지은 암봉~巖峯사이에 먹구름이 피어나더니
물기를 잔뜩 머금은 구름 속에서 비가 옵니다
100% 맞는 기상예보입니다

몇 백억을 들인 기상관측소 예보는
70% 적중률이라는 방송 뉴스입니다

농촌에서 일하시는 어머니들의 뼈마디는
자식의 영원한 울타리역할을 하느라
관절염에 걸려 보행도 불편하지만
또 다른 기능을 하고 있습니다

어머니! 어머니! 부르고 또 불러보아도
언제나 감사의 이름입니다

181

경계

이승에 살고 있는 아들의
외로움과 슬픔의 깊이를
아시는지 모르시는지
희끗희끗한 머리 결을 흩날리며
살래살래 손사래를 치시는
…….
시나브로 사라지는
장지문에 오버랩 된
어머니의 얼굴에
먹먹한 가슴이
금세 훤히 뚫릴 것만 같다

가슴은
잃어버린
엄마를 찾으려다니는 망아지처럼
펄쩍펄쩍 뒤뚱거리고
꽃을 찾은 나비의 날개처럼
한들한들 잔주름을 일으키며

슬금슬금 따라오다가 움찔 멈춰
애 살을 떠는데

늘
이승과 저승의 경계선에서
저만치 앞선
어머니의 마음은 알 수가 없다
오늘따라
언제나 비바람을 막아주던
어머니의 넓은 등이 그립다

한풀이 노랫가락

내가 알고 있는 아버지의 기억은
술이 거나하게 되어 마을 고개를 넘어오면서
"함평 천지 늙은 놈이 광주고을을 보려고"
육자배기를 거창하게 뽑아내는 소리를 듣고
긴장을 한 채
사립문을 응시하며 기다리는 것이었다

아비가 집에 오기 전 먼저 잠을 자면 안 되는
어머니의 만드신 우리 집만의 가풍이었다

안방 아랫목에 이불을 뒤집어쓰고
보글거리며 발효되어가는 술 단지 때문에
동짓달 긴긴밤에
문풍지 사이로 들어오는
칼바람에 어깨가 시려도
꾹꾹 참고 견딜 정도로
아버지는 술을 좋아했다

10남매에 어린자식까지 두고 일찍 떠난 남편이
많이도 원망스러웠고
번거롭고 애달픈 일들이 수 없이 많았을 텐데
내색하지 않은 어머니였다

어쩌다 남편이 그리웠을까
느리고 느린 육자배기 아버지 애창곡을
주저리주저리 풀어놓는데도
오랫동안 정제된 슬픔은
이미 가루로 흩어져버렸는가!
서편제의 노랫가락이 되어주지 못했지만
선율은 꿋꿋하고 음색은 처연했다

막내 남동생 걸음마를 배울 때
5남 5녀의 자식을 두고 일찍 세상을 떠났기에
아버지에 대한 그리움은 없다
많은 글을 쓰면서 아버지에 대한 추억이 없기에
모티브를 잡은 글이라곤…….
장편 "눈물보다 서럽게 젖은 그리운 얼굴하나"
주인공 최 노인일 것이다

어머니 이야기

옛날 옛적에 체 장수 살고 있었는데……. 많은 체를 등짐지고 방
방곳곳을 마을을 찾아 체를 팔면서 돌아다녔다. 하루는 민가가 드믄
산골에 있는 마을에서 장사를 하다가. 다른 마을로 이동 중 날이 저
물어서 산중에서 하룻밤을 보낼 처지가 되었다. 장사를 하다보면 간
혹 있는 일이었다. 당시엔 차도 없고 길도 불편한 시절이기 때문이다.
하룻밤을 산에서 지낼 수밖에 없는 처지가 된 것이다. 더 어두어지기
전에 거처할 적당한곳을 찾던 중 커다란 돌 밑에 움푹 페인 곳이 있
어 하룻밤을 지내기엔 안성맞춤이었다. 뭇 생명이 몸 불리기를 중단
하는 늦은 가을이어서 밤이 되자 온몸에 한기가 들었다. 웅크리고 앉
아 하룻밤을 지세기는 쌀쌀한 날씨에 힘든 일이어서 주변에 있는 나
뭇가지를 많이 모아 부싯돌로 불을 지펴 자그마한 모닥불을 만들었
다. 따스한 불 때문에 견딜 수 가 있을 것 같았다. 느긋이 앉아 불을
지피며 내일 장사를 고민하는데……. 시퍼런 불빛 두개가 다가오고 있
었다. 거리가 점점 더 좁혀지자 씩씩거리는 숨소리가 가깝게 들리는
가 싶었는데, 세상에 이런 일이……. 덩치가 커다란 수놈 호랑이가 다
가오는 것이 아닌가. 아이구! 난 죽었구나하고 눈을 감았다. 한참이
지나도 별다른 상황이 벌어지지 않아 살며시 눈을 뜨니 호랑이가 앞
에 앉아 노려보고 있는 것이 아닌가. 호랑이가 불이 무서워 체 장수

에게 달려들지 못하는 것이다. 체 장수는 불이 꺼지지 않게 나뭇가지를 불더미 속으로 계속 던졌다. 시간이 흐르자 준비했던 나뭇가지가 떨어져간다. 하는 수 없어 쳇바퀴를 부셔서 불을 지폈다. 목숨이 달린 문제여서 돈이 되는 체를 불태울 수밖에 없는 일 아닌가. 앞에 앉아 있는 호랑이는 불이 사그라들면 체 장수를 잡아먹으려고 기회를 노리며 앉아 있는 상황이고…… 날이 밝아지면 사람통행이 많은 지역이니 살수 있다는 생각에 체 장수는 빨리 날이 밝아지기를 학수고대-鶴首苦待바라지만 시간은 더디게 흘러만 가는 것 같아 심장이 다 타들어가는 느낌이다. 시간은 흘러 어느새 그 많은 쳇바퀴도 다 태워버렸다. 하는 수 없어 바지를 벗어 태웠고 저고리마저 던지고 난 뒤 "이젠난 죽었구나"하고 포기 하는 순간……. 하늘이 도왔는가! 호랑이도 먹이를 앞에 놓고 불이 꺼지기를 기다리다 지쳐서……. 꾸벅꾸벅 졸던 호랑이가 이내 잠이 들었다. 도망칠 기회를 노리던 체 장수는 '때는 이때다'하고 팬티바람으로 마을을 향해 삼십육계 줄행랑을 쳤다.

　어머니의 이야기는 여기서 끝나야하는데…….

　하필 새벽이 되어 닭들이 날이 밝아 온다고 우는 것이다. 그 소리에 잠을 깬 호랑이가 눈을 떠보니 앞에 맛있어보이던 먹이가 없어진 것을 알고 자리에서 벌떡 일어나 두리번거리고 찾아보니 저 멀리 거의 알몸으로 도망치는 체 장수가 보였다. 호랑이가 화가 잔뜩 나서 큰소리로 울부짖으며 먹이를 향해 쏜살같이 달리기 시작 했다. 체 장수와 호랑이가 달리기 경주를 벌인 것이다. 체 장수는 호랑에게 잡히지 않고 살기위해 달리고! 호랑이는 체 장수를 잡아먹고 살기위해서 달린 것이다. 거의 호랑이와 체 장수의 거리가 좁혀지는 순간…….

마을이 보였다. 고환이 떨어질 것 같은 속도로 달리던 체 장수는 초가집에 다다르자. 텃밭에 커다란 감나무가 있어 지체 없이 나무를 타고 꼭지 까지 올랐다.

어머니의 이야기는 여기서도 끝이 나지 않고 이어졌다.

조금 늦게 도착한 호랑이가 높은 감나무를 보고 멈칫하다가 이내 용을 쓰며 오르기 시작하는 것이 아닌가. 고함을 대질러 구해달라고 소리치려고 했지만 소리가 나지 않고 목쉰 소리만 입안에서 맴돌았다. 바동거리며 오르는 호랑이를 보고 생 오줌이 나왔다. 갑자기 위에서 따뜻한 물이 내리자 체 장수를 잡으려고 달리는 바람에 목이 말랐던 호랑이는 그 소변을 마시고 힘을 내여 더 빨리 나무를 오르고 있었다. 목숨이 경각에 다다른 체 장수는 "하느님! 날 살려 주시려면 튼튼한 동아줄을 내려주시고 그러지 않으시려면 썩은 동아줄을 내려주세요." 빌자. 하늘에서 동아줄이 내려왔는데…….
그 동아줄을 타고 하늘로 올라갔다.

……. 어머니의 이야기는 계속되었다.

죽을힘을 다해 감나무 꼭대기 까지 오르던 호랑이가 하늘로 오르는 체 장수를 보고 허탈해 하다가 방금 전 체 장수가 했던 것처럼 기도를 했다. "하느님! 나에게 먹이를 먹을 수 있게 해 주시려면 썩은 동아줄을 내려주시고 그러지 않으시려면 튼튼한 새 동아줄을 내려주세요." 하느님은 체 장수와 호랑이 소원을 들어 주었다. 동아줄을 타고 오르던 호랑이는 중간 쯤 오르다가 줄이 끊어져 떨어졌는데…….

하필 감나무에 옥수수 대를 모아 크게 묶어서 세워 두었는데 그곳으로 떨어져 온 몸이 찔려 죽었다는 것이다.

> ※ 옥수수를 수확할 때 고개 숙인 옥수수 목을 낫으로 대각으로 내려쳐 자르기 때문에 끝이 창처럼 날카롭다. 호랑이 피가 묻어서 옥수수 표피는 빨강색이라는 것이다. 이 이야기를 들은 뒤부턴 나는 옥수수로 만든 음식은 절대로 먹지 않았다.

태어날 때부터 몸이 허약한 나는 잠을 일찍 자지를 못하여……. 어머니의 이야기를 밤늦도록 들으면서 잠을 이루곤 하였다. 무서운 이야기를 들을 때면 어린동생을 어머니 품에서 밀쳐내고선 그 자리를 차지하고 어머니 손을 꼭 잡고 잠들곤 하였다.

앞서 이야기 했지만……. 당시에 이러한 이야기를 담은 동화책이 있었는지! 아니면 구전으로 내려 왔던 이야기인지 나는 모른다.

그러한 동화책이 나왔다면 표절 논란이 있을까봐서다.

이 이야기는 체 장수가 빌었던 소원을 호랑이가 반대로 하는 바람에 자신이 죽은 것이다. 누가 말을 하면 "허투루 듣지 말고 귀담아 들어라"는 어머니의 교훈 이야기다.

부자 집 곡간에서 생쥐가 울고 나올 일 없듯
부지런한 어머니 곳간에서도 그럴 것이고
동내 참새 방앗간이라고 소문난 어머니의 집엔
마을 사람들의 잦은 발걸음이 분주할 것이다!

낙동강

하늘이 낮아지고
떠돌이 바람이 강둑에 서있는
수양버들 머리채를 휘감아 돌자
곁가지 하나가 외마디 비명을 지르며
강물로 다이빙을 한다

곧 이어
심술궂은 시어머니 얼굴 같이 보이던
하늘의 구름보자기가 갈라지더니
우르르 쾅쾅 고함을 냅다 지르며
불 회초리를 휘두르자
이내 폭우가 쏟아진다

천삼백 리 낙동강 주위에서
온갖 잡쓰레기와
오염물이 뒤 섞여 모여든다

강은
아무 거리낌 없이 받아드린 후

행여 모여든 것들이 넘칠까봐
오염물을 삼키고 토악질을 참으며
산더미 같이 모여든
쓰레기를 가슴에 안고 있다

배가 터질까 지켜보는 사람이 걱정이다

강은 건재하다
모든 것을 불평 없이 받아드린 뒤
정화시켜 바다로 보낸다.

낙동강은
수많은 사람의 삶에 보탬을 준
김해평야 젖줄이고
생명의 근원인 물을 공급해주었다
그렇게 강은 사람을 살리고
사람은 강을 돌보고 살아가는 것이다

아~
아름다운 낙동강
나의 짧은 문장력으로는
아름다운 모습을 표현할 길이 없다
가장이란…….
수식어를 붙여줄까
세상에서 가장 아름다운 이름
상생-相生의 강은
어머니를 닮은 낙동강이다

어머니의 모습

"촌티 나게 쪽진 머리를 단장하려면
귀찮으시니 파마를 해버리세요"

일평생 비녀를 사용하시는 어머니에게
머리단장이 궁금해서
불쑥 튀어나간 나의 말에

옥골선풍-玉骨仙風의
무협지속의 고수 모습이었던
어머니는
이제 나이 듦에 듬성듬성 빠진
흰 이를 드러내며 환하게 웃은 뒤

- 생선을 싼 포장지에선 비린내가나고
  향을 싼 포장지에선 향내가 나는 것이다

고향을 찾을 때마다
안방 장지문을 열면 제일 먼저 들어오는

양장보다 한복차림이 더 어울린
어머니의 모습은 뒤쪽 창문 벽에
덩그렇게 걸려 있는 영정 사진이다

고전 무용을 하는 각시도
쪽진 머리를 자주한다
그러한 모습을 보면
불현듯 어머니가 그리워 가슴이 멍해진다

어떨 땐
고이고 고인 그리움이 커지면
한 것 배부른 풍선처럼
경고도 없이 "펑" 하고 터지는 것이다

인연-因緣

지나온 세월의 길을 꿰어 놓고
흩어지는 그리움을 모으고 있는데
세월이란 주는 것도 많았지만
뺏어가는 것도 많았다

어머니와 아름다웠던 추억 두어 소쿠리 훑어서
고봉으로 쌓인 그리움의 우듬지 뿌리고 싶지만
이젠 내 나이가 저승 문턱에 다다르니
얄궂은 세월의 기억들이 점등되어 깜박일 뿐이다

숨을 헐떡이고 있는 기억에게
잠시 호흡을 고르게 한 뒤 생각에 잠겨보니
살아생전 어머니와 아들과 인연-因緣의 도리를
무수히 쌓고 쌓았지만 부족함이 훨씬 많았다

불만스런 한 평생이
서로가 비슷한 사연이 있어서일까!
하늘이 낮아지면 후회를 하며…….
슬퍼서 우는 청개구리처럼
들려오는 청개구리 울음소리가 귀청을 헹구고 있다

세상 살아보니 후회가 더 많았지!
눈을 지그시 감고 앞으로 남은 생을 그려본다

고향

바지런 했던 어머니의 손톱처럼
온몸이 듬성듬성 갈라진
늙어버린 당산 느티나무아래서
옛 생각에 잠기니

안방장지문에는
실루엣 어머니 모습이
108염주를
시계바늘 역방향으로 돌리고 앉아있다

야윈 어머니 얼굴은 쓸쓸히 사위어가고
하현달이 내려다보며 갈 길을 재촉하는 시간
별들도 잠 못 이루고 뒤척이며
저수지 물속에 누워 속살거린다
나 혼자 버텨야 할 시간을 가늠해 보니
시간은 녹녹치 않을 것 같아보인다

제일-祭日

아버지 제삿날이다
수많은 과일과 해산물이 가득하다
아버지 살아생전 구경도 못했던
수입 농산물과 해산물도 있다

이상하게도 숭어와 ※몽어고기를
제사상에 올리지 않는다

　연유를 물으니……. 적당히 옛날에 이북에서 방귀쟁이가 남쪽으
로 내려오면서 누구의 방귀 힘이 더 센가를 자랑하기위하여 각 지역
의 방귀대장과 방귀를 뀌어 이겼는데……. 우리 고향까지 오게 된 것
이다. 그리하여 우리 마을 김생원과 시합을 하게 되었다고 한다. 이
북 방귀쟁이는 우리지역 면사무소가 있는 첨산 정상에서 터를 잡았
고. 김생원은 우리 마을 뒤쪽에 있는 ※제석산 정상에서 자리를 잡았
다. 김생원이 핫바지를 내리고 절구 대를 항문에 대고서 이북 방귀대
장이 있는 첨산을 향해 방귀를 뀌자 절구 대는 미사일처럼 첨산으로
날아갔다. 첨산에 있던 이북 방귀 대장이 날아오는 절구 대를 향해
방귀를 뀌자 절구 대는 김생원을 향해서 왔다. 서로 간에 뀌는 방귀

197

때문에 수백차례를 오고가자 "이래서는 안 되겠다"하고 둘 다 있는 힘을 다 하여 방귀를 뀌자. 절구대가 순천만 바다가운데서 중앙이 부러져 바다에 떨어 졌는데……. 큰 것은 숭어가 되고 적은 것은 몽어가 되었다는 것이다.

남쪽에는 호남평야가 있어 쌀이 많이 생산되어 쌀밥을 먹은 김생원 쪽 절구 대는 숭어가 되었고. 산지가 많은 북쪽 지역은 보리가 많이 생산되어 보리밥을 먹은 이북방귀 대장 쪽 절구 대는 몽어가 되었다는 것이다. 몽어는 아무리 커도 숭어보다 더 적다. 그러한 설화가 있어 더럽다하여 숭어와 몽어고기는 제사상에 쓰지를 않는다. 동화 같은 이야기이지만 호남 지방에 가면 숭어와 몽어는 제사 음식으로 쓰지를 않는다.

제사가 끝나면 귀신 물밥을 주는데……. 여느 가정에서는 짚을 깔거나 종이를 깔아서 제사음식을 주는데……. 우리 어머니는 상에다 골고루 음식을 차려준다. 아버지를 데려온 저승사자가 대접을 제대로 받지 못 하면 저승으로 가면서 너희 집에 가서 대접을 제대로 못하였다고 폭력을 할 것이라는 것에서다.

※ 몽어는 숭어와 닮았는데 작은 숭어과 물고기다.
   경상도에선 밀치라고 부른다.
※ 제석산: 소설가 조정래 문학관이 있다.

컴퓨터를 끄면서…….

한가지의 주제를 가지고 시를 쓴다는 게 이렇게 어려울 줄 몰랐다.
장편 역사소설을 집필한 것 보다 더 힘이 들었다. 내가 제일 부러워하는 것은……. 유원지에서 어머니를 데리고 나와 온 가족이 빙 둘러 앉아 음식을 먹거나 담소하는 모습이다. 그러한 장면을 보면 부러워서 발걸음을 잠시 멈추고 살아생전 추억을 떠올리며 어머니를 그리워한다.

남편을 일찍 잃고 그 어려웠다는 보릿고개시절에 농사일을 하여 5남 5녀를 키우신 어머니를 생각하면 언제나 눈가가 젖어 든다. 나는 어쩌면 청개구리처럼 살았는지도 모른다. 형님이 입영을 하면서 "내가 전역할 때 까지 어머니 말씀을 잘 듣고 동생들을 잘 보살피라"라는 부탁을 어긴 채 형님 입영 6개월 만에 나는 자원입대를 한 것이다. 첫 휴가 때 광주 77병원에서 형님을 면회했다. 형님은 3사단 18연대-백골부대에서 근무 중 남침하는 무장공비와 교전이 벌어져 오른팔에 따발총 5발을 맞아 후방 병원으로 이송되어 입원 중이었다. 형님은 당시 교통호에 엎드려 P-6 무전기로 상부에 무장공비가 침투하여 교전중인 상황을 보고하는 중이었는데……. 깜깜한 밤에 갑자기 토치카에서 튀어나온 공비에게 일격을 당해 후방인 광주에 있는 병원에서 치료 중이었다. 형님은 약속을 지키지 않은 나를 잠시 질책을 하신 뒤, 하사 계급장을 단 나에게 "부대에 귀대하거든 절대로 부하들에게 구타를 하지 말라"는 당부를 하였다. 당시는 구타가 심했다. "건방진 하사 새끼 사람 잘 치고"란 졸병들의 자조적인 노래가 불린 시절이다. 지금의 병사들은 "무슨 전설의 고향 이야기인가?"할 것이다. 나는 군생활 중 단 한 번도 부하들에게 폭력을 행사하지 않았다. 부하들 모두가 나보다 나이가 많았다. 심지어 나보다 18세가 많은 병사가 있었다. 월남전 파병으로 인하여 부족한 병력 때문에 병역 기피자를 잡아드린 결과였다. 형님-강장원은 공상 군경 국가유공자가 되어 전역을 하였다. 나 역시 북파공작원의 임무 수행과정에서……. 공상 군경 국가유공자가 되었다. 우리어머니는 장남과 차남인 나와 2명의 자식을 국가유공자 두었으니 얼마나 훌륭한 어머니인가? 두 아들이 국가를 위해 희생한 것이다. 군복무 중 부상당한 두 아들 때문에 무척이나 가슴 아팠을 것이다! 그러나 그러한 내색을 하지 않고 "아들들이 죽지 않고 살아 돌아옴에 감사하다"했다는 마을 어르신들의 전언이다. 또한 무척이나 자랑스러워했다는 것이다. 자식들의 아픔마저 자신의 일부라고 받아드린 어머니다. 자식의 잘못을 보고 회초리를 들지 않고 사랑으로 먼저 끓어 않았다. 그러한 어머니를 형님이 보살피려고 먼저 저승으로 가셨는지 모르지만……. 영원한 것은 세상에 없기에 나역시 나이가드니 어머니와의 만남이 점점 가까워지는 듯하다! ……기억이 또 그리움을 재촉하여 눈가가 젖어든다.

잃어버린 첫사랑

나 따스한 당신의 손 놓아줄 때
안녕이란 말을 남기고 돌아서는 눈가에
작은 눈물 맺힘을 보았습니다
고개 숙인 채 길가 작은 돌 걸어차며
걸어가는 뒷모습 봄비 맞은 병아리 날개처럼
두 어깨 축 늘어뜨리고 뒤돌아보지 않은 채
신작로를 걸어간 뒤, 여러 날이 지난 후
꿈과 첫사랑은 이루어질 수 없어
더욱 아름답다는 말 거짓인 줄 알았어요
이슬진 눈망울 따스하고 다정한 손길
떠오르는 선명한 얼굴 윤곽
나 죽기 전 결코 잊지 못할 모습
귓가에 잔 울림처럼 재잘거림 목소리도
이제 당신의 환상과 같이 지웠노라고
쓸쓸한 변명을 하였건만
가슴속 깊은 곳에 묻어둔 애절한 그리움이
기억 속에 홀연히 되살아나
굳게 닫은 내 마음속에 녹아내립니다
잊으려, 잊으려고 애를 쓰건만

201

그리움은 암세포처럼

마음 한구석에서 증식해 나감을 어찌하오리

또 다른 변명과 모순을

이 애틋함과 슬픔으로 가득 찬 시린 가슴속에

그 아픈 첫사랑이 그리워져 옵니다.

위의 시는 첫 번째 시집 "잃어버린 첫사랑" 첫 꼭지 글이다. 나는
1948년 11월 6일생인데 1966년 11월에 18세의 어린나이에 동네 형의
입영 환송을 하려 따라 나섰다가 논산 훈련소까지 동행을 하여 그 자
리에서 덜컥 자원 입대를 하고 훈련을 끝내고 자대에서 근무 중 제1
군 하사관학교-지금의 부사관학교를 학교 창설 후 제일 어린나이로 졸업
하고 휴전선 경계부대서 근무중 1968년 1월 21일에 북한 김신조를 비
롯한 테러부대일당 31명이 박정희 대통령을 암살하려 왔다가 실패하
는 사건이 난다. 제2의 한국전이 벌어질 사건이었지만…… 우리나라
는 1964년부터 미국과 베트남전쟁에 함께 참전을 하고 있어 두 개의
전쟁을 동시에 수행할 수 없는 미국이 반대를 하자 이에 화가 난 대
통령은 "우리도 똑같은 테러부대를 만들어 보복을 하라"는 특별지시
에 북파공작원 중 테러를 전문으로 하는 부대에 차출되어 훈련를 받
던 중 차출되기 전에 근무했던 부대에서 그간에 나에게 온 편지를 보
내왔다. 편지 중 "충남 대전시 대동 328번지 이범희 씨 (방) 박옥순이
라"는 아가씨의 편지엔 노란 종이 두 장에 글자는 하나도 없이 동그
라미 두 개○○와 별☆☆두개만 달랑 그려 있는 편지의 사연을 이해
를 못하고 나이 많은 부하에게 물었더니 "노란 종이는 이별의 색깔이
고 동그라미 두 개는 영영 이며 별 두 개는 이별이니까 영영이별이라
는 뜻입니다."라고 설명을 하여 알게 되었다. 당시엔 연말이 되면 각

학교에선 의무적으로 의문편지를 쓰게 하였는데……. 박옥순이란 아가씨와 편지가 오가던 중에 "너 죽이고 나도 죽는다"는 세상에서 제일 악질들인 특수부대에 차출되어 부대가 바뀐 줄도 모른 아가씨는 계속 편지를 보냈지만 답장이 없자. 그런 사연의 모르고 있는 아가씨는 나이가 어리다 해서 편지봉투 주소에 "애기하사 꼬마하사 강평원 앞"이라고 하여 편지를 보내 왔었다. 첫 작품의 제목인데 이 책이 출간되어 나오자 동아일보에 보도가 되고 연이어 1999년 11월 19일 중앙일보에 책속의 내용인 휴전선에 고엽제를 뿌렸다는 이야기를 책표지와 나의 사진을 찍어서 A4크기보다 더 큰 지면에 특종으로 보도 되자……. 그 날 밤 우리 집에 두 곳의 TV방송 팀과 각 신문사 기자들이 모여 들었다. 그리하여 KBS아침마당에 출연하게 되어 편지 이야기를 하자 방청객들이 자지러지게 웃었다. 그 사연을 모트브로 지은 시다. 그래서 시집 부제를 "슬픔을 눈 밑에 그릴 뿐"이라고 표지에 썼다. 그러한 사연이 있어 지금도 주소를 잊어버리지 않았던 것이다. 나에겐 박옥순 아가씨로 기억되어 있는데 어디서 무엇을 하며 살고 있는지 무척이나 궁금하다. 혹시나 이 글을 본다면 연락을……. 이시는 여러 가지의 시화-詩畵로 만들어져 인터넷에 수 곳에서 오랫동안 떠돌아 다녔다. 시집이 출간 된 3일 만에 출판사 대표가 전화를 걸어와 "전자책으로 만들게 허락을 해 달라"하여 허락을 했는데 시집으로는 첫 전자책이라고 하였다. 시 한편 이 이러한 재미있는 사연이 내재 되어 있다는 것이다. 현재 울산광역시에서 활동하고 있는 유명한 최길 작고가가 작곡을 하여 가을쯤 발표회를 하겠다는 연락이 왔다.

세상을 살며 생각하면서 누군가를 위해
아름다운 수고로움을 하는 기다림은……

지독한 그리움이다

온기를 다해가는 커피향이 그렇게 말하고 있다
오늘도 어제만큼 WEIL ICH DICH LIEBE-독일어=그대를 사랑하기에

※ 위의 글은 두 번째 시집 표지의 글이다.

이 책은 시집으론 드물게 초판 3,000부를 찍겠다는 출판사와의
계약을 맺었고 그 자리에서 3,000부에 대한 선 인세를 받았다. 직접
원고를 출력하여 갔는데 출판사 대표가 읽어보고 그 자리에서 계약이
이루어진 것이다.

책은 2011년 2월 28일에 출간되었고 종이도 고급 지를 사용했다.
출간과 더불어 서울신문에 가로 20센티미터 세로 17센티미터 크기의
칼라와 흑백 광고를 월 6회에서 9회를 2014년 4월 현재까지 3년을 넘
게 하고 있다. 저자인 내가 이해가 안갈 정돈다. 이 시집은 출간 전
후 7년간 우리나라에 베스트셀러가 없었는데…….

베스트셀러가 되었다는 인터넷창과 문학인들의 연락을 받았다.
또한 드물게 출간 3개월 만에 국립중앙도서관과 내가 살고 있는 김해
도서관에 보존서고에 들어갔다는 것이다. 김해 예총회관 전시실에서
여성화가의 개인 그림전시회장을 우연하게 들렸는데 작가와 이야기
중 내가 소설가라는 것을 알고 가지고 있는 책이 있으며 보자고 하여
이 시집을 주고 그림감상을 끝내고나서 작가를 보았는데 눈물을 흘리
고 있었다. 왜 그러느냐?는 질문에 아래 시를 읽고 감동하여 자신도
모르게 눈물이 났다는 것이다. 관람하는 손님들이 오는데…….

책을 돌려받고 바로 나와 버렸다.

지금도 책을 주고 왔어야 하는 것 아닌가 생각을 하고 한다. 찾으려

면 찾을 수 있겠지만 말이다. 그 시가 책 첫 꼭지에 상재된 아래의 시다.

기다림은 그리움이다

익숙한 설렘임에 찾은 서 낙동강 강변에 앉은 늙은 통나무집
넓은 카페창가에 앉아 난 그리움을 하염없이 기다립니다
쇠잔 해진 햇살이 게으름 피며 강물과 희롱하는 풍경을 보며
"옛 추억을 기억하는 건 지독한 그리움이다"
코끝을 스쳐가는 커피향이 그렇게 말하고 있습니다
이승에 남겨둔 하나뿐인 사랑 그대를 잊지 못하고 있다고

기다림과 그리움은 사랑의 다른 이름입니다
누군들 가슴속에 아름다운 추억하나쯤 간직하고 있겠죠
오늘 그대를 만나 그런 추억하나 만들고 싶습니다
아마 먼~훗날 나에겐 또 다른 추억이 될 것입니다

가슴속 깊은 곳에 자리한 뭔가를 잊어야할 시간은 다가오는데
갇혀있던 슬픔이 빗장을 열고나와 긴 시간을 잠재우고 있습니다
그대를 만날 수 있는 희망은 어디쯤 오고 있습니까
희망이 앞서가지 않고 뒷걸음치는 것 같아 참 많이 슬픕니다
사랑을 그물코처럼 매듭 지울 수만 있다면 좋겠습니다

- 기다리는 이들이여 지금 누군가를 사랑하고 있습니까

누군가를 위해 아름다운 수고로움을 하는 기다림만큼
즐거운 일은 아마도 이 세상엔 없을 것입니다
그대는 오지 않고 받아둔 잔속 커피는 온기를 다해가고 있는데
내 마음을 아는지 모르는지 세월의 때가 켜켜이 묻은 음향기에선
아~아름다운 음악, 대니 보이 색소폰 소리가 흘러 나옵니다

205

Oh Danny Boy, the pipes, the pipes are calling
From glen to glen, and down the mountation side.

- 그리운 사람의 발걸음 소리가 문밖가까이서
조급하게 아주 조급하게 들려오고 있다면
이처럼 애절하고 슬픈 그리움은 없을 것입니다

위의 두 편의 시를 이 시집에 상재하는 것은 이 시집을 읽는 독
자들에 고마움을 답 함해서다.

책과 신문은 지식의 보고-寶庫입니다

「꽃을 든 남자보다 책과 신문을 든 남자가 더 매력적입니다! 왜 일까요?」

세계는 21세기를 문화의 세기로 규정하고 있습니다. 나라의 번영을 기약하는 근원적인 힘은 "그 민족의 문화적·예술적 창의력에 달려 있다." 문화적 바탕이 튼튼해야만 정신적인 일체감을 이룰 수 있을 뿐만 아니라 물질적인 발전도 가능하기 때문입니다. 진정 문화의 세기를 맞으려면 문학-文學을 살려서 준비를 해야 합니다. 문학이 모든 문화예술-文化藝術의 핵심이기 때문입니다. 문학이 없이는 아무리 문화 예술을 발전시키려고 해도 발전되지 않는 법입니다. 그것은 문학은 새로운 문화를 창조하고, 역사를 앞서 이기 때문입니다. 볼테르나 루소의 작품은 프랑스 대혁명의 도화선이 되었으며, 톨스토이나 투르게네프의 소설이 제정 러시아에 커다란 충격을 주고……. 입센의 「인형의 집」이 여성운동의 서막이 되었고. 스토 부인의 「엉클 톰스 캐빈」이 미국남북전쟁의 한 발화점이 되었으며, 작가로선 최초로 미국의 최고의 훈장인 대통령 『자유의 메달』을 받은 스타인 백의 「분노의 포도」가 미국의 대 경제공황을 극복하게 만든 계기가 됐듯이 말입니다. 2008년 미 대선후보 공화당 존 매케인-McCain대통령후보가 "이 세상은 좋은 곳이고 지키기 위해 싸울 만한 가치가 있다. 그리고 나는 이런 세상을 떠나기가 정말 싫다." 인용하는 대사는 어니스트 헤밍웨이 -Hem-ingway 소설 '누구를 위하여 종을 울리나'에서 주인공 '조던'이 다친 채 홀로 적에게 포위된 현실을 담담히 받아들이면서 한 말입니다. 뉴스위크지 보도에의 하면 매케인을 '베트남 전쟁의 영웅' '자기 집이 몇 채인지도 모르는 얼치기 부자' '고집스러운 보수주의자' 등으로 단순화하는 시각은 잘못이라며……. "그는 영웅적인 동시에 풍자적이고, 금욕적이면서도 때로는 자제력을 잃고, 야심가이면서도 반항적인 인물로 알려진 것보다 훨씬 깊고 복잡한 내면세계를 갖고 있다"고 평을 했습니다. 매케인의 어린 시절 영웅은 아버지 존 S 매케인 2세였다고 합니다. 아버지는 대대로 군 지휘관을 배출한 가문에서 태어나 자신도 유능한 해군 제독이었지만, 동시에 가문의 명예를 이어야 한다는 중압감 탓에 종종 알코올 중독에 빠졌다는 것입니다. 이런 아버지의 모습은 어린 매케인에게 상처로 남았다는 것입니다. "매케인이 책속에서 도피처를 찾았고, 이를 통해 새 세계에 대한 동경과 사람들의 위선을 간파하는 예리한 눈도 갖게 됐다."는 보도를 했습니다. 해서……. 공화당 존 매케인과 민주당 후보인 오바마도-Obama 유아독서 환경운동을 주요 선거공약으로 내걸었습니다. 빈민가 아이들과 중산층아이들은 이미 초등학교 때부터 학습능력에서 뚜렷한 차이가 난다는 것입니다. 그것은 유아 때 책을 얼마나 읽었느냐에 따라 갈린다는 것입니다. 가난 때문에 교육의 혜택을 받지 못하는 것은 비극이므로……. 국가가 유아독서환경을 만드는 데 앞장서겠다는 대통령 후보를 둔 미국이 부럽습니다. 그런데 정작 우리정부는 문학 문제를 그리 심각하게 생각하지 않는 것만 같습니다. 문화예술 분야 수장들이 학창시절 인문학과정을 대수롭지 않게 여겼던 사람들만 포진해 있는 모양입니다. 인문학은 학문의 '생명수'입니다. 근래 들어서 인문학의 위기에 관한 문제가 광범하게 제기되고 있습니다. 최근 고려대 문과대 교수들은 인문학의 위기를 극복하기 위한 결의를 담은 '인문학 선언'을 발표했습니다. 뒤를 이어 전국 93개 인문대학장들이 동참했습니다. 인문학자로서의 반성과 각오가 포함되어 있는 이 선언은 인문학의 중요성을 새롭게 부각시켜 주었습니다. 돌이켜 보건대, 상당수 대학에서 인문계 학과를 선택하는 학생 수가 급격하게 감소하고 지원하는 학생들의 성적 등도 과거와는 달라졌다는 말도 있습니다. 여러 대학에서는 인문계열 학과 대학원 지망생의 비율이 줄어들고 있음을 모두 우려의 눈으로 바라보고 있기도 합니다. 심지어는 인문계 학과가 폐과되는 사태도 계속되고 있습니다. 대학 교양강의에서 인문계가 차지하는 비중은 점차 낮아지며……. 실용적 학문이 교양의 주류인 양 주장되기도 한다는 것입니다. 이와 같은 인문학의 위기 상황에는 다원인이 있습니다. 우선 인문학이 처해 왔던 외적인 측면에서 찾아볼 수 있다는 것입니다. 즉, 광복 이후 한국사회는 급격한 변화와 압축성장의 길을 걸어 왔습니다. 이 과정에서 성장에 급급했던 우리 사회는 너무 실용과 효율만을 강조해 왔던 것입니다. 여기에서 인간 삶의 기본을 탐구하는 인문학의 중요성은 점차 망각되어 간 것입니다.

신채호나 이광수, 홍명희는 당대의 사상가였고 천재들이었습니다. 그들이 소설을 택한 것은 민중을 깨우치고 구국독립을 위한 방법이 문학이라고 생각했던 것입니다. 그들이 그들의 천재성을 발휘하여 권력을 탐냈더라면 권력의 수장자리 한 자리는 했을 것입니다. 다른 한편으로 경제적 부를 욕심냈더라면 대 재벌이 되었을 것입니다. 철의 왕 카네기는 크고 작은 도서관을 2500여개를 지었다고 합니다. 사업가로서 당장 투자효과를 기대했다면 불가능했을 것입니다. 그러나 그분들은 인류의 참된 가치를 권력이나 부에 두지 않고 진실 된 인생의 추구나 올바른 세계의 건설 같은 보다 근원적인 것에 두었던 것입니다. 그런 그분들의 관점은 옳았고 그런 점에서 문학이 지니는 위대성은 영원한 것입니다. 이러한 것을 보더라도 예술의 꽃이라는 문학이 살려면 우선 시장이 건전해야 하는 전제가 있는데⋯⋯. 아무도 그 시장의 현황에 대해서는 관심이 없는 것을 보면 말입니다. 옛 부터 폭군은 무신-武臣을 가까이 했고 성군은 문신文臣을 가까이 했음을 모르는 모양입니다. 그래서 문화대국이라고 우쭐대는 프랑스 정치인들의 자랑이란, 2차 대전 후 5공화국이 시작된 이래 역대 프랑스 대통령들은 저마다 예술 문화 애호가임을 과시했습니다. 1944년 해방된 파리로 돌아온 샤를 드골-Gaulle은 '조국의 영광, 을 되찾기 위해 폴 발레리-Valery 같은 작가들을 먼저 찾았다고 합니다. 프랑수아 미테랑-Mitterrand은 러시아 대 문호-文豪 도스토예프스키-Dostovevsky의 작품을 탐독했고. 자크 시라크-Chirac는 10대 시절 시인 푸슈킨-Pushkin의 작품을 번역했다고 자랑했다는 것입니다. 박근혜 대통령은 4박5일 여름휴가를 가면서 20권의 책을 골라 사서 가지고 갔다는 보도를 각 언론사에서 대대적으로 하였습니다. 하루에 5권의 책을 읽었다는 뜻이지요! 정말로 엄청난 독서를 하시는 것입니다. 인문학 이 그만큼 중요하다는 얘기입니다. 그래서인가! 국내 유명인들의 언론에 보도된 사진의 뒤 배경을 보면 책이 가득 꽂혀 있는 책장을 보았을 것입니다. 책을 많이 읽어서 나는 지식이 풍부하다는 광고 효과를 노리고 촬영한 것입니다. 우리는 선거철만 되면 검증 안 된! 수많은 자서전이 쏟아져 나옵니다. "나는 책을 쓰는 지식인이다"라는 내용이 대부분입니다. 정말 그럴까요? 완성도가 아주 낮은 대다수가 대필된 것인데⋯⋯. 선거철만 되면 너도나도 출간 기념회를 합니다. 요즘 아이들은 컴퓨터에 매달려 인터넷에 중독되어 있으며! 너나없이 책 읽기를 외면하고 있습니다. 그 원인을 찾아보면 초등학생 방학과제물에 독후감이 사라지고 가족신문 만들기로 대체되어 버린데 그 원인을 찾을 수 있습니다.

　　마이크로소프트사의 창업자로 세계적 갑부인 '빌 게이츠'씨는 어찌 보면 인문학과는 전혀 관련이 없어 보이지만……. 그러나 그는 "인문학이 없었더라면 나도 없고 컴퓨터도 없었다."라고 말했으며 "지금의 나의 성공은 하버드대 졸업장이아니라 내가살고 있는 동내의 작은 책방이었다."고 고백을 했습니다. 이 말은 인문학적 상상력이 모든 이에게 필수적으로 요청되고 있다는 말입니다. 매킨지는 이 시대를 '인재전쟁-war for talent'의 시대로 규정했습니다. 기업도 누가 누구를 얻고 어떤 아이디어를 사용하느냐에 따라 승패가 좌우되기 때문입니다. 그러므로 인문학의 발전을 위한 사회의 인식과 국가의 배려가 요청됩니다.
　　인문학은 모든 학문과 사회, 기술, 경제, 정치 분야의 수원지-水源地이며 이 수원지가 마르면 사회-Society 기술-Technology 경제-Economy 정치-Politics 즉 스텝-STEP이 페스트-PEST로 변합니다. 대학 안에 대학을 다닌다는 인문학과가 왜 이지경이 되었는가를 연구 해 볼 때가 됐습니다. 해서……. 서울대 인문학 최고지도자 과정이 개강되었습니다. 서울대 인문대에 국내 처음으로 마련한 인문학 최고지도자 과정인 아드 폰테스 프로그램-AFP-Ad Fontes Program. 라틴어로 '원천으로'라는 뜻에 재계와 정관계 유명 인사들이 지원하여 수학하고 있다고 합니다. 정원 40명 중 절반 정도가 국내 대기업과 벤처기업의 최고경영자-CEO급 인사를 포함한 유명 인사들이라고 합니다. 이계안 국회의원은 1982년부터 1985년까지 현대중공업 런던사무소에서 근무하던 시절의 경험을 토대로 AFP에 지원하게 됐다며……. 이의원은 "외국의 재계와 정관계 리더들이 상상력을 중히 여기고 인문학을 계속 공부한다는 게 당시에는 이상하게 보였다"며 "그러나 불확실성에 대처해야 하고……. 미래 모습을 그려야 하는 CEO와 정치인 생활을 하다 보니 리더들이 왜 인문학을 공부해야 하는지를 알게 됐다" 하였습니다. 조사에 의하면 대한민국도 CEO 95%가 '경영에 필요한 지혜를 책에서 얻는다' 했습니다.

　　일본에서 "책과 신문을 읽는 부모를 둔 아이가 공부를 잘한다." 는 연구 결과가 나왔습니다. 공부 잘하는 아이의 부모는 책이나 정치·경제면 신문을 읽고 공부 못하는 아이 부모는 여성잡지를 보거나 TV쇼 프로그램을 본다는 것입니다. 일본의 오차노미즈대와 교육출판그룹 베네세가 2007년 11월~2008년 2월 국어성적과 부모의 생활습관에 대해 공동 조사한 결과 이 같은 결과가 나왔다고 아사히신문의 보도를 했습니다. 조사 대상은 전국 각지의 초등 5학년생 2952명과 학부모가 2744명이었는데, 이 조사에 따르면 성적 상위 4분의 1안에 드는 학생 부모 중 70, 6%는 책(만화와 잡지 제외)을 읽는다고 응답했으며. 또 60.2%는 신문의 정치·경제면을 읽는다고 했고. 반면 성적이 하위 4분의 1에 속한 아이의 부모들은 책과 정치·경제면 신문을 읽는다는 응답은 각각 56.9%와 46.4%에 그쳤다는 것입니다. 각각 13%포인트씩 낮은 수치입니다. 상위권 학생의 부모가운데 스포츠신문이나 여성 주간지를 읽는다는 응답은 18.0%였고 tv 쇼 프로그램을 시청한다는 응답은 25.0%였는 것입니다. 하위권 학생 부모의 응답률은 각각 28.6%와 35.0%로 10%포인트씩 높았다는 것입니다. 조사를 한 하마노 다카시 교수는 "책이나 신문을 읽는 것은 그 가정의 문화라고 할 수 있다. 문장을 접할 기회가 많을수록 독해력이 좋아지고 공부에 필요한 인내심이 향상되는 것 같다."고 했다는 기사를 보더라도 책은 인간이 살아가는데 꼭 필요한 것입니다.

  21세기 지식정보화사회로 접어들면서 컴맹인 사람도 줄어들고 있습니다. 그런데 책을 읽지 않는 책맹-冊盲은 오히려 기하급수적으로 늘어만 가는데 걱정이 아닐 수 없습니다. 비주얼시대라서 그렇다는 이들도 있습니다. 책이란 단순한 지식과 정보만 주는 게 아니라 삶의 긴 호흡과 너른 시야를 마련해 주는 것입니다. 그것이 쌓이고 숙성되면 상상력도 창의력도 저절로 자라납니다. 얼마 전 KBS TV 쇼 프로그램에서 초등학생이 상금을 무려 4100만원을 거머쥐었습니다. 상금의 액수에 놀랄 일이지만 나는 그 학생이 하루에 한권의 책을 읽었다는 데 더 놀랐습니다. 예심을 통과한 쟁쟁한 성인들과 겨뤄 이룬 성과는 매일 읽은 책에서 얻은 지식이었을 것임은 두 말할 필요도 없을 것입니다. 책을 좋아하는 아이가 공부도 잘하고 리더십이 뛰어나다는 것은 잘 알려진 사실입니다. 세계의 뛰어난 과학자, 정치인 그리고 최고 경영자-CEO 모두가 독서의 중요성을 강조하고 있습니다. 전 세계 부자들의 공통 습관이 바로 독서라는 조사 결과도 있습니다. 책을 읽는 사회는 미래가 밝다고 합니다. 소설가 마르셀 프루스트의 말처럼 독서는 "고독 속의 대화가 만들어내는 유익한 기적이다. 독서는 날마다 경험과 기억……. 지혜로 가득 찬 뇌를 발명하는 것이다. 조용한 방에서 아이들이 책 속의 글자와 대화를 나누는 동안 그들의 신경세포는 끊임없이 시냅스를 강화하고 서로 연결되고 끊으면서 지혜의 신경망을 만들어 낸다. 저자의 말이 시작되는 순간 독자의 지혜가 시작 될 지어다"라는 미국의 심리학자 매리언 올프의 말처럼……. 올프의 저서 "책 읽는 뇌"에 따르면 독서가 뇌에 가장 훌륭한 음식인 이유는 풍성한 자극원이기 때문입니다. 누구나 독서를 할 때 글자를 이해하고 상징을 해석하는 측두엽……. 상황을 파악하고 활자를 시각으로 상상하는 전두엽……. 감정을 느끼고 표상하는 변연계 등 독서의 흔적이 남지 않은 뇌의 영역은 거의 없다고 전문가들은 말하고 있습니다. 우리나라를 다녀간바 있는 미국의 미래학자 엘빈 토플러는 청소년을 상대로 강연회에서 제일 먼저 "미래를 위해서 책을 많이 읽어라. 미래는 예측하는 것이 아니라, 여러분이 상상하는 것이다."라고 말했으며, 자기를 "독서 기계"에 비유 한 뒤 "미래에 대해 상상하기 위해서는 책을 많이 읽는 것이 가장 중요하다. 미래를 지배하는 힘은 생각하고 커뮤니케이션하는 능력이다."고 역설했습니다. 한마디로 말해서 새로운 아이디어를 생각해 내어 그것을 창조하는 힘을 기를 수 있는 본바탕에는, 책을 많이 읽고 얻어낸 지식축적의 바탕으로 기반을 이룰 수 있는 것은 독서라는 것입니다. 인간은 체험을 통해서 인식론적 깨달음을 운명지어져있다고 합니다. 그러나 인간에게 주어진 시간과 경험은 제한되어 있는 것도 있다는 것입니다. 이렇게 제한된 시간 속에서 살면서 얻는 수많은 경험과 비교할 수도 없는 무한이 많은 경험을 우리는 책을 통해 얻고 또 그것을 바탕으로 한 깨달음으로 변신할 수 있는 것입니다. 독일 평론가 발터 베냐민은 어린 시절 느꼈던 책 읽기의 황홀을 다음과 같이 적었습니다. "책은 읽는 것이 아니다. 행간에 머무르고 거주하는 것이다." 그렇습니다. 우리는 오직 글자의 의미를 해석하기 위해 책을 집어 드는 것이 아닙니다. 즐거움과 행복은 책 읽기의 가장 큰 목적입니다. 삶에 변화를 주면 좋은 책인 것입니다. 경계 없이 다양한 책을 봐야합니다. 책의 내용을 맹신하지 말고 항상 의문을 던지며 읽어야 합니다. 천천히 책장을 넘기면서 손가락에 전해지는 감촉을 온몸으로 느껴보면서 때때로 글과 글 사이 행간과 여백을 지그시 바라보며 읽으면 무한한 지식이 자신도 모르게 축적될 것입니다.

인류의 역사에는 인간 생활과의 질을 크게 향상시키거나 혹은 시대의 흐름을 결정적으로 바꿔 놓은 발명품들이 있습니다. 예를 들어 증기기관과 내연기관은 인류에게 산업화의 길을 열어 준 획기적 발명품들입니다. 요즘의 디지털 세상이 펼쳐진 것은 1940년대 후반부터 등장한 반도체 소자들 덕분입니다. 이처럼 고대에서 현대에 이르기까지 역사에 기록된 수많은 발명품 중 가장 중요한 것 하나를 꼽으라면 그것은 무엇일까요. 발명품에도 명예의 전당이 있다면 제일 높은 자리에는 아마도 '책'이 올라 칭송을 받고 있어야 할 것 같습니다. 책이야말로 선인들의 지식-知識과 지혜-知慧를 축적하고 그것을 전수하는 수단으로, 오늘의 문명을 이룩하게 한 가장 큰 공로자이기 때문이기 때문입니다! 인류의 위대한 사상과 중요한 지식은 책이라는 발명품 속에 기록되고 보존되어 왔습니다. 전 세계적 베스트셀러인 성경과 경전을 비롯하여 코란 등 세계 각국의 헌법들은 대개 책으로 반포되었고 공자의 유교 사상과 뉴턴의 이론도 책으로 전해져 왔습니다. 찰스 디킨스의 흥미진진한 소설과 모차르트의 아름다운 음악도 책이 있어 즐길 수 있습니다. 선남선녀에게 청아한 즐거움을 주고 사회적으로 정신문화의 중추 역할을 해 온 책의 소중함, 그 역할의 중요성을 생각하면 출판사와 서점들은 국민과 정부의 따뜻한 사랑과 열렬한 지원으로 크게 번창해야할 업종입니다. 그런데 우리의 현실은 어떤가요? 세상은 인터넷 도박과 음란물로 가득한 세상으로 황폐화되어가고 있습니다. 옛 선인들은 "세상에서 제일 듣기 좋은 소리는 자식들의 책 읽는 소리요. 보기 좋은 모습은 자식들의 밥을 먹는 모습이다."했습니다. 그러한데 지금의 아이들은 컴퓨터에 매달려 책으로부터의 도피 하고! 청소년 성 범죄가 갈수록 늘어나고 있는 데도……. 부모들은 자식들의 행동을 방관하고 있는 듯합니다! 어려서부터 지독한 독서를 하여 책에서 얻은 지식으로 오늘날 세계적 갑부가 된 빌 게이츠는 아이러니하게도 딸에게 하루 1시간 이상 컴퓨터를 못하게 하고 있다고 합니다. 세계에서 제일 책을 안 읽는 국가인 대한민국 부모들은 빌 게이츠 말을 새겨들어야 할 것입니다. 우리나라 대다수 어린이는 '마음의 양식'이 되거나 '인생의 등불'이 될 만한 책은 아무도 찾아 읽으려 하지 않고 모니터 속에서 '인생의 환락'을 찾는데 빠져들어 점점 익숙해져 가고 있습니다. 사람이 원하는 환락과 정보의 바다는 윈도 속에 있지, 책 속에 있지 않다고 생각하고 있는 것입니다! 그러다보니 날로 늘어나는 청소년에 대한 성 범죄는 뉴스 간판을 자주장식하기도 합니다. 이젠 딱딱한 책은 기울어진 장롱 모서리를 받치는 데나 쓰일 뿐입니다. 그래도 사람들은 끈질기게 책의 소중함을 강조하고 책 읽기를 강요하고 있습니다. 책을 많이 읽는 사회의 미래가 밝다고 강조합니다. 그러나 우리 사회에서 독서는 남에게 강요하는 것이지 자기가 하는 일은 아닌 것 같습니다. 많은 부모나 교사는 자기도 읽지 않은 책을 자식이나 학생에게 읽도록 강요하는 것입니다. 집집마다 아이 방에 어린이 책은 많지만 어른이 읽을 만한 양서는 어디에 있는지 보이지 않습니다. 우리 사회의 주 독서층은 어린이인지도 모릅니다. 그러한데 어린이는 컴퓨터에 매달려 있습니다.

대한민국 여성들이여…….

"꽃을 든 남자보다 책을 든 남자가 더 매력적이다"

"왜 일까?"

그것은 책을 읽은 남자는 지식이 풍부하다는 뜻입니다. 지식이 많다는 것은 앞으로 삶에서 풍요롭다는 것입니다. 시인 두보는 "남아수독오거서-男兒須讀五車書"라 했습니다. 모름지기 남자란 다섯 수레 책을 읽어야 남자란 뜻입니다. 그런데 지금의 책 읽어야할 대한민국의 남자들은 다 어디로 갔을까요?

PC방에 있을까요!

"빈부와 귀천은 그 우열을 논할 수 없는 것은 문장뿐 이다"

이미 고려시대 때 이규보가 말했습니다.

최근의 조사결과를 보면 도시생활자 성인 100명 중 82명은 전혀 책을 보지 않는다고 합니다. 나는 그보다 훨씬 낮을 것으로 생각하고 있습니다. 국민 1인당 월간 독서량은 0.8권이라는 통계조가 나왔습니다. 조사한 160개국에서 맨 끝이니 말해서 무엇 하겠습니까? 이것이 문화적으로 어느 수준인가는 굳이 외국과 비교할 수 없다고 봅니다. 아프리카 사람들보다 독서량이 적기 때문입니다. 남을 탓하기 좋아하는 사람들은 이유를 만들어 냅니다. 신문이 소설보다 더 재미있기 때문이라는 견해라든가……. TV를 비롯하여 게임 비디오 등이 만연해 있는 것도 한 원인으로 지적하고 싶습니다. 그러면서 "내용이 나쁜 책도 있다"고 항변을 하기도 합니다. 그렇습니다. 분명 내용이 나쁜 책도 있습니다. 그러나 그러한 책을 읽고 나쁘다는 내용이 있다는 것을 알고 깨우쳤다면 당신은 이미 좋은 책을 읽었다는 것입니다. 그래서 책을 읽으면 좋은 것이고 선인의 지혜-知慧를 이어받는 것과 같은 것입니다.

해리포터 저자 '조앤 K, 롤링'은 가난해서 냉방에서 살았다고 했습니다. 어려서 그의 방은 항시 책으로 널브러져 있었는데……. 그의 부모는 번갈아가며 어린 딸에게 책을 읽어 주었다고 했습니다. 그는 해리포터로 300조원이 훨씬 넘는 돈을 벌어들였고 지금도 세계 각지에서 인세가 들어가고 있다. 책을 써서 우리나라 1년 예산 절반에 가까운 부를 창출한 것이다. 두말할 것도 없이 어려서 가난 했던 그의 인생을 독서가 역전 시킨 것입니다. 우리나라에도 부산시 북구 엄궁동 소재 동산유지 금고털이범으로 8년 6개월을 감옥살이한 백동호 소설가는 그가 지은 책 서문에 "나는 문교부 혜택을 전혀 받지 못했다"고 했습니다. 초등학교도 졸업을 못했다는 말입니다. 그는 감옥에서 책을 무려 3000여권 읽었다고 했습니다. 그는 오늘날에 베스트셀러 작가가 되어있습니다. 또 한사람의 예를 들면……. 본명: 박창오 예명: 진방남 가수이며 필명: 반야월 작사가도 "문교부의 혜택을 전혀 받지 않은 사람이다"라고 고백했습니다. 울고 넘는 박달재·소양강 처녀·단장에 미아리 고개·산장에 여인·유정 천리·가는 봄 오는 봄 등 60~70년대 히트곡과 5000여곡의 대중가요를 작사한 사람입니다. 지금의 시집으로 50권의 분량입니다. 그는 수많은 책을 읽었다고 했습니다. 문창과를 나온다 해서 전부 작가가 되지 않습니다. 25년 동안 4561회의 토크쇼에 2만 8000명과 대화를 나눈 미국의 토크쇼 사회자로 유명한 오프라 윈프리는 아홉 살 때부터 열네 살 까지 삼촌과 사촌에게 성폭행을 당했으며……. 밑바닥까지 간 사람입니다. 그러한 그녀의 삶을 크게 변화시킨 것은 어릴 때 의붓아버지로부터 일주일에 책을 한권씩 읽으면 네 인생이 달라질 것이라는 말을 듣고 기억할 수 없을 만큼 수많은 책을 읽었기 때문에 오늘날 세계적으로 영향력이 있는 사람이 됐다고 고백을 했습니다. 그의 거침없는 달변은 책에서 얻은 지식에 의해서일 것입니다. 우리나라에서 첫 노벨평화상을 받으신……. 작고한 김대중 전 대통령은 초등학교 4학년 때 세계문학 전집을 다 읽었다고 했습니다. 그래서 문장력이 어느 누구보다 탁월 하였을 것입니다. 그분의 대중 연설에서 청중을 구름처럼 모여들게 하는 것은……. 책을 읽고 얻은 감동적인 수사修辭에 의하여서입니다. 해서……. 책을 좋아하는 아이가 공부도 잘하고 리더십이 뛰어나다는 것은 잘 알려진 사실입니다. 일류대학을 졸업하고 취직이 안 되어 몇 년을 실업자신세이던……. 청년이 하루에 한권의 책을 읽었더니 년 봉 일억이 넘는 유명강사가 되었다는 신문기사를 읽은 적이 있습니다. 그래서인가! 세계의 뛰어난 과학자, 정치인 그리고 최고경영자-CEO 모두가 독서의 중요성을 강조하고 있습니다. 전 세계 부자들의 공통 습관이 바로 독서라는 조사 결과도 있습니다. 자기와 정심식사 한번 먹는데 211만 달러약 26억7700만원로 경매를 내서 중국의 사업가 지오단양 씨가 따내 화제를 냈던 세계최고의 갑부대열에서 빌게이츠와 경쟁을 하고 있는 투자의 귀재 워런 버핏은 지혜를 빌려달라는 한 시민에게 "책을 읽고, 읽고, 또 읽어라"고 조언했다는 신문 기사를 읽은 적이 있습니다. 그는 보통 사람의 다섯 배를 읽는다고 했습니다. 한마디로 말하여 "리더-reader만이 리더-leader가 될 수 있다는 뜻입니다.

세계에서 제일 책을 안 읽는 대한민국 국민이여!!!

"책을 꿈꾸는 것을 가르쳐 주는 진짜 선생입니다."라고 말한 '바슈나르'의 말을 곱씹어 볼 때입니다.

일제히 타오르는 아름다운 단풍잎에 반하여! 햇살마저 주저앉아 게으름을 피우고 있는 이 계절에…….

경남 김해시 김해도서관 김수로 홀에서
저자 강평원

보고픈……. 얼굴하나

초판 인쇄 2014년 7월 15일
초판 발행 2014년 7월 25일

저   자 ┃ 강평원
펴 낸 이 ┃ 하운근
펴 낸 곳 ┃ 學古房

주   소 ┃ 서울시 은평구 대조동 213-5 우편번호 122-843
전   화 ┃ (02)353-9907 편집부(02)353-9908
팩   스 ┃ (02)386-8308
홈페이지 ┃ http://hakgobang.co.kr/
전자우편 ┃ hakgobang@naver.com, hakgobang@chol.com
등록번호 ┃ 제311-1994-000001호

ISBN   978-89-6071-427-4 03810

값 : 10,000원

이 도서의 국립중앙도서관 출판시도서목록(CIP)은 서지정보유통지원시스템 홈페이지
(http://seoji.nl.go.kr)와 국가자료공동목록시스템(http://www.nl.go.kr/kolisnet)에서 이용
하실 수 있습니다.(CIP제어번호 : CIP2014021657)